스물아홉 노숙인의 꿈

박의림 작품

길을 건너기 위해 횡단보도 앞에 멈춰 섰다.

갑자기 주위가 썰렁하고 소름이 돋아서

팔다리를 움직이며 몸을 풀었다.

몇 대의 차량이 내 앞으로 지나갔고 잠시 뒤 횡단보도 신호가 녹색으로 바뀌어 천천히 횡단을 시작했다.

반쯤 건너갔을 때, 귀가 찢어질 듯한 경적 소리가 들렸다.

몇 시간 전 택시 안에서 느꼈던 두려움이 몰려오며 몸이 굳어졌다.

신호가 바뀌었는데도 무리하게 통과하려던 반대편 차선 차량이 내가 있던 쪽에서 좌회전 신호를 받고 출발한 차량과 세게 부딪혔고 그로인한 큰 충돌음에 순간적으로 내 숨이 막혔다.

아무런 생각이 나질 않다가 옆을 보니 좌회전을 하던 차량이 전복되어 바닥을 구르며 나에게 다가오고 있었다.

내 몸이 스스로 피해보려 재빨리 방향을 선택해 움직이려 하고 있었지만 차량은 빠른 속도로 바닥 위에서 튀어 오르고 있었다.

내 몸은 그 상황에서도 한쪽 방향을 선택해 무릎을 굽혔다 펴며 발을 바닥에서 떼었고 살기위해 옆으로 날아올랐다.

그때 정신을 똑바로 차리고 육체가 움직여주는 대로 침착하게 협조를 했어야했다.

그게 1982년 온전한 기억의 마지막이다.

벌써 육십넷이 된 지금,
인생에서 추억이라 할 만한 것이 남들에 비해 너무 적다.
많고 적고를 떠나서 모든 기억들 중 행복했던 것과 그렇지
못 했던 것을 나눌 수 있을 정도만 되어도 만족할 것이다.
난 그런 것을 나눌 수 없을 정도로 인생이 허무했다.
오랜 세월동안 어둠속에 아무것도 느끼지 못한 채
누워있었기에 그 허무함은 죽는 날까지
채우기가 어려울 듯하다.

하지만 허무함은 허무함일 뿐 불행이 아니다.
그런 부질없는 모든 것들과는 비교할 수 없는
따뜻하고 든든한 존재가 있다는 것을 알기 때문이다.

내가 이렇게 나의 이야기를 글로 남기고 있는 이유도
누군가 이 글을 보는 이에게
진짜 행복을 알려주고 싶어서이다.

나의 이야기를 시작하기 전에, 아직도 간직하고 있는
소중한 것을 먼저 보여주고자 한다.
35년 전에 만들었던 나의 노래이다.
공책에 수십 번을 쓰고 지우며 마음을 다해
써내려갔던 가사 이기에
나는 저 곡을 입에 달고 살았었다.

이제,
저 가사를 곱씹으며 그때 그날을 떠올리고
지금 이 순간까지의 모든 일들을
이곳에 써 내려가 보도록 하겠다.

그런건 아까워 할것 없어
아쉬워하지도 말자 우리

눈 앞에 있는걸 다 치워버리고
아무옷이나 걸치고 떠나고 싶지만
그건 잠깐이야

지금 내가 너의 앞에 있고
네가 나의 앞에 있다는 걸 감사하자

그런건 화낼 필요가 없어
불안해 하지도 말자 우리

긴 반지게 욕를하고 비아냥대며
모든것을 부정하고 싶지만
그건 잠깐이야

성경책을 덮어버리기 보다는
그 다음장을 넘겨볼수 있다는걸 감사하자

지금 내가 너의 앞에 있고
네가 나의 앞에 있다는 걸 감사하자

스물아홉, 그리고 내 젊은 인생의 마지막이 되었던 1982년.

나에게도 잊을 수 없는 해 이지만 대한민국 국민 모두의
기억에도 남을 수밖에 없는 일이 있었다.
첫 번째,
몇 십년간 계속된 야간통행금지 조치가 드디어 해제된 것.
밝지만은 않았던 정권에 대한 민심을 의식한 여러 정책중
하나였기에 고개를 숙이며 감사함을 표할 정도는 아니었
지만 어찌되었든 기다렸던 새해 선물 중 하나임은 분명했다.
음악에 관심이 많았던 나에게는 더욱 반가운 선물이었다.

어릴 적부터 교회에서 배워왔던 피아노를 이제는 늦은 밤에도 연습할 수 있겠다는 생각이 가장먼저 들었고, 항상 내 연주에 맞춰 노래를 부르는 사랑하는 지우에게 그 기쁨을 가장 먼저 나눠주었다.

두 번째,

드디어 우리나라에도 프로야구가 시작된 것.

1970년대 중반이었던 것으로 기억하는데, 어느 날 우연히 보게 된 고교야구대회 결승전 중계방송은 나를 야구의 매력에 빠지게 만들었고 이후 프로야구 출범 가능성이 제기될 때마다 두 손 모아 간절히 바라고 또 바랐었다. 간절한 바람은 결국 이루어졌고 1982년 3월 27일이 프로야구 개막식 날짜로 확정된다.

프로야구 출범 또한 민심을 의식한 정책 중 하나였지만 그 자체에 대한 기쁨은 감출 수 없었고, 27일이 오기만을 기다렸다.

두 번째 소식을 나에게 알려준 이는 지우였다.

지우는 야구에 전혀 관심이 없었지만 나 때문에 어쩔 수 없이 고교야구 중계방송을 함께 보곤 했었다. 몇 시간동안 진행되는 경기를 규칙도 모른 채 보고 있는, 한쪽으로 기울어진 데이트에 대해 불만을 표한 적도 있었지만 내가 매우 기뻐할 소식을 가장 먼저 전하고 싶다며 집 앞까지 뛰어왔던 모습이 선하다.

다섯 살 아래였던 지우는 돌이켜 생각해봐도 나이에 비해 생각이 깊고 마음이 강해서 오히려 내가 그녀에게 더 의지하는 면이 있었다. 우리는 얼굴생김새와 표정이 매우 닮았다는 소리를 자주 들었고 생각하는 방식과 미래에 대한 소망도 매우 잘 맞았다.

우리는 그 모든 것을 음악 안에 함께 담으며
각자의 꿈과 우리의 꿈을 끌어안고자 노력했고,
그것이 영원할 것이라 믿었다.

그러나..

영원할 것이라 믿었던 것이 문제였을까..

영원할 것이라고 너무 당연하게 여겼던 걸까..

살아감에 있어서 건방을 떨며 마땅히 받을만한 일상이라고 생각을 했던 걸까..

그때로 다시 돌아간다면 무릎 꿇고 간절히 기도해야만 한다.

기도해야하는 그 시점은,

사고가 있던 그날...

그 이전이 되어야 하며 기도내용은 지금 쓰고 있는 이 책
에 담긴 모든 내용의 의미와 동일할 것이다.

1982년 2월 12일,

그날은 종로구에서 음악을 좋아하는 20대 청년들이 모여 그동안 각자 준비했던 곡을 발표하기로 한 날이었다.

우리는 모두 그 해 초가을에 있을 방송국 주관의 가요제에 도전할 계획을 갖고 있었기에 나날이 열정으로 불타올랐다.

지우도 나와 함께 무대에 오르지만 가족모임에 빠질 수 없게 되었다고 하여 함께하는 연습은 포기하고 바로 공연장에서 만나기로 약속을 했다.

나는 감사하게도 동네 작은 교회 목사님의 허락을 받아 언제든지 교회에서 피아노연습을 할 수 있었고, 그날도 교회에 가서 개인연습을 하다가 공연장에 갈 계획이었다. 자주 있는 공연이 아닌데다가 지우와 맞춰보지도 못하고 무대에 오르게 되어 긴장이 심해진 탓에 저녁밥 생각이 전혀 없었지만 혼자 계시는 나의 친할아버지 생각에 먼저 진성빌딩으로 향했다.

 할아버지는 내가 아주 어릴 적부터 수많은 힘든 일을 통해 나를 기르셨고 내가 돈을 벌 수 있는 나이가 된 이후에도 일을 놓지 않으셨다.

지금 생각해 봐도 할아버지는 자존심이 세지만 매우 여린 분이셨다.

부모가 없는 이유에 대해 여쭙게 되면 여러 말씀 하지 않으시고 사고가 있었다는 짧은 말씀에 내 속은 매번 답답했지만 어느 순간부터 나는 부모에 대해 묻지 않았다. 그 이야기를 꺼낼 때마다 느껴지는 그의 감정은 내가 감히 당해낼 수 없는 깊이인 듯했기 때문이다.

그런 당신의 인생과 나의 인생을 함께 짊어지고 온 그가 아직도 수고스러운 하루하루를 보내고 있다는 것에 대한 안타까움과 손자로서의 죄스러움을 조금이나마 덜어낼 수 있는 시간은 매일 저녁식사 시간이었다.

하루 동안 있었던 일들을 주고받으며 이어지는 이야기들과 음식 씹는 소리, 그릇소리는 오늘을 위로하고 내일을 기대하게 했다.

그날은 나의 일정이 아직 남아있었지만 그런 의미 있는 저녁식사를 빼먹을 수가 없었다.

할아버지는 종로 진성빌딩 옆 주차장에서 관리원으로 일하셨는데 언제나 그랬듯 그 시간엔 한사람만 간신히 들어갈 크기의 조립식 주차관리실 안에서 장부를 정리중이셨다.

장부 넘겨지는 소리만 나는 조용한 관리실 안을 잠시 들여다보다가 작은 창문을 두드리자 할아버지가 고개를 들어 나를 보고 반갑게 미소 지으며 잠시 기다리라는 손짓을 했다.

잠시 뒤 장부를 덮고 전등을 끄고나와 관리실 문을 잠그고 나서 빌딩 쪽을 쳐다보며 말씀하셨다.

"강사장이 저녁 같이 먹자더라구."

"아, 식당으로 오래요?"

진성빌딩 건물주이자 1층 종로식당을 운영하는 강사장아
저씨는 할아버지와 매우 각별한 사이였다.

남들보다 경제적으로 월등히 뛰어난 집안의 독자였던 아
저씨는 젊은 시절부터 진성빌딩의 주인이자 1층 종로식당
의 운영자로 있었고, 과거 할아버지는 빌딩 맨 위층에 있
던 신문사에서 인쇄관련 업무를 맡아 일을 하셨는데 매사
에 착실함과 모범적인 행실로 인해 신문사뿐만 아니라 근
처 상가주민 모두에게 유명인이었다.

종로식당은 빌딩 내 회사원들이 식사하는 공간이자 쉼터
였기에 자연스레 알게 된 할아버지와 아저씨는 그때부터
친형제처럼 지냈다고 한다. 퇴직 후에도 일을 고집하는
할아버지에게 주차관리자리를 맡긴 것도 아저씨였다.

"형님 오셨네! 와 앉으셔. 인호도 잘 왔네. 이쪽에 앉아."

식당 안에서는 이미 삼겹살이 노릇노릇하게 구워지고 있
었고 아저씨는 소주병을 들어 올리며 우리를 맞이했다.

"크~ 고기 드셔드셔."

"그려, 맛나것네."

"여기!! 찌개 하나만 해줘~"

"뭘 더햐. 고기면 되지."

"아이, 찌개는 있어야 소화가 되죠. 아니 그나저나
인호는 어쩐일로 술을 마다해?"

"아, 저 있다가 일이 좀.."

"술 먹으면 안 되는 일인가?"

"예. 좀 중요한 일이라서요. 전 다음에 마실게요."

"놔둬~ 지가 좋다고 어떤거를 갖다가 하는게 있는디,
오늘 그거 뭐 중요한거 하는 날인가벼."

"아 그래요? 아니 나는 있다가 준석이도 온다니까
다같이 한잔 하려고 했지."

"아 네. 오늘은 죄송해요. 제가 한잔 올릴게요."

내가 술을 마다하는 날은 거의 없었다.

이십대 중반을 넘어서 스물아홉이 될 때까지 술자리를 거
부한 일은 아래의 이유로 한 달 정도 잠시 잠깐 있었던 것
으로 기억한다.

고교야구 결승전이 있던 날, 당시 선명한 화질의 텔레비

전을 갖고 있던 한 선배의 집에 모여 중계방송을 보며 소주를 마신 적이 있는데 텔레비전이 다락방에 설치되어있어 술 마시기 더욱 좋은 분위기라며 다들 신이 나서 술과 야구중계를 즐겼고 그날 나는 정말 드문 일이지만 만취상태가 되었었다. 야구 경기가 끝나고 희미한 정신줄을 붙잡으며 다락방 계단을 내려오던 순간 발을 헛디뎌 오른쪽 엄지발가락이 바닥에 찍히면서 발톱이 빠졌다.

그 다음날부터 상처의 통증과 그날의 충격으로 인해 한 달간은 술자리를 쉬었던 적이 있는데, 그 이후로는 종로식당에서 삼겹살을 먹던 그날 처음으로 술을 거부한 것이다. 물론 공연이라는 중요한 거절의 이유가 있었지만 지금 생각해보면 그냥 몇 잔만이라도 마실 것을..

잘 못 했다는 생각이 든다.

그날 그 술잔이 할아버지, 그리고 아저씨와 함께 드는 마지막 술잔이 될 줄은 정말 몰랐다.

다시 종로식당으로 돌아가 보자.

고기는 충분히 다 드셨고 남은 찌개로 같은 자리에서 2차 술자리를 시작하신 할아버지와 아저씨께 인사를 드리고

식당 밖으로 나가자마자 '강준석'과 마주쳤다.

준석이는 강사장아저씨의 아들로 나보다 아홉 살 아래 귀여운 동생이었다. 나와 마찬가지로 형제가 없었기 때문에 아주 어린 시절부터 같이 살다시피 하며 서로에게 형제가 되었고 그 해에는 준석이가 스무살이 되던 해라서 의미가 더해졌다.

한동안 준석이는 입시준비와 그 이후 대학생활 준비로, 나는 일 문제로 얼굴 보는 일이 뜸하던 시기였다.

　　"준석아."

　　"어! 형, 오셨네요. 식사 다 하셨어요?"

　　"응. 어른들이랑 밥 먹었고 일이 있어서 나 먼저
　　나왔지."

　　"지금 바로 가셔야 돼요?"

　　"어 나는 먼저 가야 돼. 배고프겠다 들어가서 얼른
　　밥 먹어."

　　"또 언제 봬요 형?"

　　"조만간 술 한잔하자. 너 스무살되고 술 한잔 한다
　　는게 말이야."

"그래요. 조만간 봬요."

"그래. 꼭 보자"

준석이와의 대화를 마치고 뒤로 돌아 큰 도로 쪽으로 나오는 동안 뭔지 모르게 형으로서 미안하고 고마웠던 일들이 스쳐 지나갔다.

원래 아무 것도 모르고 어리석은 것이 인간이지만 그렇게 아무 이유 없이 누군가에게 미안하고 고마운 일들이 떠오르고 그것에 대해 잠시나마 생각하며 느낄 수 있는 시간이 허락된다는 것이 얼마나 감사한 일인지 그땐 알지 못했다. 세월이 흘러 지금이 돼서야 아주 조금은 알 것 같다.

공연시간이 얼마 남지 않아서 연습은 포기하고 대로변으로 나오자마자 쉼 없이 손을 흔든 끝에 드디어 택시에 올라탔다.

내 수준으로는 정말 금 같은 비용을 감당하며 택시를 잡아탈 정도로 바쁜 상황이지만 창밖을 보며 바깥 풍경을 즐기는 것은 포기할 수 없었다.

휘황찬란한 네온사인들, 식당 앞에서 떠들며 담배를 태우고 있는 헐거워진 넥타이 부대.

반대쪽 창문으로 고개를 돌리자 버스를 기다리는 사람들, 역시나 정신없는 술집 골목이 바쁜 마음을 부추겼다.

택시기사가 한가로운 도로상황을 보고 속도를 조금씩 올렸다.

서서히 점차 커지는 엔진소리에 불안해져 정면 상황을 잠시 확인하고는 다시 창문으로 눈길을 돌렸다.

그때, 교차로에서 신호를 무시하고 통과중인 승용차가 점점 가까워지는 것이 보였다.

택시기사는 비명소리와 함께 급히 방향전환을 했고 내 몸이 크게 휘청거렸다.

신호무시 차량을 피해 잠시 속도를 줄였다가 다시 가속페달을 밟기 시작한 택시기사가 나의 상태를 살폈다.

　"하아~ 저 새끼! 괜찮으세요?"

　"아, 예.. 괜찮은 것 같네요."

　"저 새끼가 신호무시하고 달려드는 바람에.. 미안합
　니다."

　"예, 천천히 가셔도 돼요."

태어나서 처음으로 죽음의 공포를 느꼈다. '이러다 죽는 거구나'라는 생각이 들며 그동안 살아온 날들이 눈앞에 펼쳐지기 직전이었다.

심장이 내려앉는 느낌과 숨이 막힐 정도로 놀란 마음을 가라앉히며 뒤로 기대어 고쳐 앉고는 목적지가 보일 때까지 머리 위 손잡이를 잡고 있었다.

공연을 허락해 준 대학교 강당 앞에 내려 시간을 확인하니 이미 시작되어 몇 팀의 무대가 지나가 버렸을 만큼 늦어버렸다.

정신을 차리고 빠르게 뛰어 들어갔고 젊은이들의 기운이 꽉 찬 공연장은 관객들과, 준비 중인 뮤지션들로 가득했다. 두리번거리며 식은땀을 닦던 중, 저 멀리 무대 옆에 손을 흔들고 있는 지우가 보였다.

"오빠! 왜 이렇게 늦었어?"

"미안, 좀 늦게 출발했어."

"더 늦었으면 우리 못할 뻔 했어. 다음이 우리 차 례야."

"아 그래? 진짜 다행이다.."

"바로 할 수 있겠어?"

"해야지. 할 수 있어."

마침 무대 위 앞 팀의 공연이 끝났고
나는 피아노 앞에, 지우는 바로 옆 의자에 앉아 마이크를
잡았다.
관객들의 박수소리가 퍼지다가 점차 조용해졌고,
숨을 크게 한번 쉬고 건반위에 손을 올렸다.
지우는 내 얼굴을 보며 같이 숨을 고르고 있었다.
곧이어 나의 손가락 끝이 움직이며 우리의 노래가 시작됐다.

그런 건 아까워 할 것 없어
아쉬워하지도 말자 우리

눈앞에 있는 걸 다 치워버리고
아무 옷이나 걸치고 떠나고 싶지만
그건 잠깐이야

지금 내가 너의 앞에 있고
네가 나의 앞에 있다는 걸 감사하자

그런 건 화 낼 필요가 없어
불안해하지도 말자 우리

건방지게 욕을 하고 비아냥대며
모든 것을 부정하고 싶지만
그건 잠깐이야

성경책을 덮어버리기보다는
그 다음 장을 넘겨볼 수 있다는 걸 감사하자

지금 내가 너의 앞에 있고
네가 나의 앞에 있다는 걸 감사하자.

당일 연습을 못해 걱정했지만 사실 걱정할 필요가 없었다.

그동안 우리가 만나오면서 주고받았던 눈빛과 표정에 비하면 무대에서 충족하길 바라는 그 모든 것들은 아무것도 아니기 때문이다.

그때 그날 그 무대 위 지우의 모습과 목소리는 지금도 절대로 잊을 수가 없다.

어떤 장르의 음악이든, 어떤 관객들이 보이든, 무대 위 공기가 어떻든지 그것들은 작은 의미일 뿐.

우리가 처음 만났던 곳, 울고 웃게 했던 말, 이런 기본적이고 진부한 표현들은 물론이고 가끔은 상추에 순대를 싸먹는 것을 좋아하고 어묵과 떡볶이는 자신이 인정한 곳 외에서는 먹지 않으며 위가 썩 좋지 못한데도 먹는 속도가 빨라 심심찮게 복통을 호소한다든지. 다른 부분으로는, 머리를 기르고 있지만 순간순간 자르고 싶은 충동을 느껴 나에게 말려달라는 부탁을 해둔 것.

이런 모든 것들이 목소리를 내는 시간 속에 포함이 되었기에 비로소 큰 의미라 말할 수 있겠다.

이제부터가 이 글을 쓰면서 가장 힘든 구간이 될 듯하다.

공연을 마치고 지우를 집에 데려다 주면서 나눴던 대화는 세월이 지난 지금의 내 속에, 무대 위에서 연주했던 그 음악과 이어져있다.

"그래서 늦은거야? 택시 사고 날 뻔해서?"

"꼭 그런 건 아니고 늦게 출발해서 그렇지 뭐. 근데 좀 겁나긴 하더라."

"진짜 다행이다 안 다쳐서.."

"맞아, 다행이지. 근데.. 만약에 내가 아까 사고가 나서 먼저 죽었으면, 넌 평생 다른사람 안 만나고 살 수 있어?"

"쓸데없는 소리 좀 하지마."

"아니, 대답해봐. 그럴 수 있어?"

"당연하지. 어떻게 다른사람을 만나냐?"

"그렇지?"

"쓸데없는 소리하지 말고 오빠나 정신 똑바로 차려. 오빠 그럴 수 있겠어? 오빠만 잘 하면 돼."

"너도 나를 좀 믿어. 네가 나를 믿는 만큼 나도 너를 믿는거야."

택시 안에서 휘청거리는 순간, 죽음의 공포를 느낌과 동시에 내가 만약 이렇게 갑자기 죽었을 경우에 남겨진 사람들이 받을 충격과 고통의 정도가 머릿속에 그들의 표정으로 그려졌다.

아주 짧은 순간이었지만 가슴이 답답하고 끝없이 미안했다. 그날 지우에게 저런 질문을 했던 것도 그 때문이었던 것 같다.

젊은 남녀의 사랑에 대해

누군가는 시작이라하고,

다른 누군가는 과정이라 하며,

또 다른 누군가는 끝이라 한다.

보는 이들에게 그들의 사랑이 어떻게 느껴질지 모르겠지만 분명한 것은, 당사자들에겐 시작과 과정과 끝은 중요하지 않다는 것이다.

나의 뜬금없는 질문에 서로의 마음 한구석을 꼬집힌 자국이 한동안 남아있었지만 그것 또한 사랑이었다.

대화를 마치고 언제나 그랬듯 닫히는 대문 틈사이로 서로의 얼굴을 애틋하게 바라보는 우리에게도 시작과 과정과 끝은 중요하지 않았다.

문이 닫혔다.

평소와 다르게 왠지 마음속 깊은 곳이 울렁거림을 느낄
수 있었다.

나는 잠시 머뭇거리다가 뒤로 돌았다.

몇 걸음 걷다가 다시 머뭇거렸다.

정말 이상했다.

'뒤로 돌아 다시 집 앞으로가서 지우를 불러내 조금만 더
있다가 갈까..'

'평소보다 이른 시간에 헤어진 건가.. 아닌데..'

몇 번을 머뭇거리다가 결국은 도로 쪽으로 나가버렸다.

길을 건너기 위해 횡단보도 앞에 멈춰 섰다.

갑자기 주위가 썰렁하고 소름이 돋아서 팔다리를 움직이
며 몸을 풀었다.

몇 대의 차량이 내 앞으로 지나갔고,

잠시 뒤 횡단보도 신호가 녹색으로 바뀌어 천천히 횡단을
시작했다.

반쯤 건너갔을 때, 귀가 찢어질 듯한 경적 소리가 들렸다.

몇 시간 전 택시 안에서 느꼈던 두려움이 몰려오며 몸이

굳어졌다.

신호가 바뀌었는데도 무리하게 통과하려던 반대편 차선 차량이 내가 있던 쪽에서 좌회전 신호를 받고 출발한 차량과 세게 부딪혔고 그로인한 큰 충돌음에 순간적으로 내 숨이 막혔다.

아무런 생각이 나질 않다가 옆을 보니 좌회전을 하던 차량이 전복되어 바닥을 구르며 나에게 다가오고 있었다.

내 몸이 스스로 피해보려 재빨리 방향을 선택해 움직이려 하고 있었지만 차량은 빠른 속도로 바닥 위에서 튀어 오르고 있었다.

내 몸은 그 상황에서도 한쪽 방향을 선택해 무릎을 굽혔다 펴며 발을 바닥에서 떼었고 살기위해 옆으로 날아올랐다.

그때 정신을 똑바로 차리고 육체가 움직여주는 대로 침착하게 협조를 했어야했다.

그게 1982년 온전한 기억의 마지막이다.

머릿속에서 안쪽에 쓴 노래 있지. 펜으로 써 놓지도, 뭐라

난 흐릿하게 들려라. 앞이 캄캄하고 이제 어떨지 새로워 모르고

편안한 느낌가운데 뭔가 궁금이 있고 뭔가에 혹시 그건

이 글을 쓰며 그 소리들을 다시 떠올려 보게 된단다.

소리가 아니었을까.. 하는 생각이 들었다.

그 생각은 망시 기를 즐겨써요 들었든, 그건

예감에 견줄수있고
지금까지 궁금

머릿속에서 만들어낸 소리였는지, 현실 속 소리였는지는 모르지만 난 분명히 들었다.

앞이 깜깜하고 마치 따뜻한 이불 속에 있는 듯이 편안한 느낌 가운데 뭔가 울림이 있고 또렷하지 않은 소리였다.

이 글을 쓰며 그 소리들을 다시 떠올려보니 그것은 남겨진 사람들의 소리가 아니었을까.. 하는 생각이 들었다.

그 생각은 당시 나를 둘러싸고 있었을 그들을 느끼게 했다.

자꾸만 스치는 불길한 예감에 눈물 흘리고 있는 사랑하는 이들의 너무나 불쌍하고 약한 모습.

지금까지 눈물 흘리는 이유는 바로 그들의 그런 모습이 매순간 머릿속에 그려지기 때문이다.

깜깜하고도 편안함 속 답답한 느낌은 아주 잠시 잠깐 이었다.

누군가에게 쫓기며 계속 어디론가 달리다가 그를 따돌리면 버스를 기다리고, 버스를 타고 고풍스러운 어느 기차역에 내려 기차를 기다리다가 다시 누군가에게 쫓기는 꿈을 아홉 번, 열 번 정도 꾼 것 같다.

상당히 불편하고 피곤한 꿈이 반복되다보니 온 몸이 너무 뻐근하고 머리가 지끈거려 잠에서 빨리 깨어나고 싶었다.

마음처럼 깨어나기가 쉽지 않았다.

팔과 다리가 말을 듣지 않고 눈도 떠지지 않아 있는 힘껏 마음속으로 몸부림을 치다가, 쫓기는 꿈을 한번 더 꾸고 나서야 뻐근한 몸과 지끈거리던 머리가 한결 나아졌다. 개운한 느낌의 숨을 크게 들이마셨다가 내뱉는 순간, 누군가의 목소리가 들리기 시작했다.

"박인호씨! 목소리 들려요?"

첫 마디는 무시할 수밖에 없을 정도로 희미하게 들렸다.

"박인호씨!! 박인호씨 들려요?"

점점 뚜렷해지는 여자의 목소리에 정신이 맑아지면서 그 공간의 냄새가 느껴지고 몸의 감각이 살아났다.

"박인호씨! 들려요? 제 목소리가 들리면 살짝 표현을 해봐요. 눈을 계속 깜빡이던지!"

눈의 감각도 조금씩 살아나 눈꺼풀을 들어 올리는 순간,
빙그르르 돌던 밝은 빛이 날카롭게 느껴져 눈이 다시 감
겼다.
반복되는 여자의 목소리에 나도 눈꺼풀을 들어 올리고 감
고를 반복하며 대답을 해내고 싶었다.

"어머머!! 들리나보네! 들리나봐!! 세상에 어떡해!"

여자의 목소리가 또렷하게 들렸다.
도대체 누구이며 왜 내 옆에서 그런 격앙된 말투로 소리
치고 있는 거냐고 묻고 싶었지만 너무나 밝은 빛에 눈이
따가워 앞을 제대로 볼 수가 없었고 입을 벌릴 힘도, 목소
리를 낼 힘도 없었다.
갑자기, 바닥을 구르며 나에게 다가오던 자동차가 떠올랐다.
뭔가 잘못되었다는 것이 느껴졌다.
여자는 계속해서 나를 깨우려 노력했다.

"내 목소리 들리면 계속 몸을 조금씩이라도 움직
이려고 노력해 봐요! 계속 해요!"

다음으로는, 할아버지와 지우가 떠올랐다.

'나 얼마나 다친거지? 이러고 있으면 안되는데.. 일어날 수 있는 건가.. 일어나야돼, 일어나야돼.'

꿈속에서 그랬듯 몸부림을 치며 눈 속으로 들어오는 따가운 빛에 적응해내기 시작했고 눈앞에 사물들이 희미하게, 어느 부분은 또렷하게 보였다.

드디어 편안한 느낌의 회색 면 티셔츠를 입은 아주머니의 얼굴을 확인한 순간, 또 다른 누군가가 소란스럽게 이 공간에 들어왔다.

"형님!!"

머리카락이 하얗게 번지기 시작한 50대 아저씨가 나의 눈앞으로 얼굴을 들이밀며 말을 걸기 시작했다.

"형님! 들려요? 눈떴네, 떴어! 어.. 어떡해야하나..
선생님한테 연락했어요?"

"네, 바로 오신다고.."

"어! 고개도 조금씩 움직이시네! 형님, 무리하지는

마시고 조금씩!"

그들은 나의 자그마한 움직임에도 아주 큰 반응을 보이며 목소리를 높였다.

다른 것보다도 중년의 아저씨가 나에게 '형님'이라는 호칭을 쓰는 것이 이해가 되지 않았지만 일단은 내가 정신을 차리고 상황을 파악하는 것이 중요했다. 계속해서 몸을 움직이고 목소리를 내려고 노력했다.

　　"어?!! 어!! 이거 어떡하지? 가만있어보자. 침착해야지, 침착해야지.
　　휴.. 형님, 저 기억해요? 종로식당 아들내미. 응?"

저 아저씨가 무슨 말을 하고 있는지 귀에 들어오지 않았다. 시야는 점점 뚜렷해졌고 고개를 가누는데 성공했다. 숨을 크게 내쉬며 목소리를 내는데 집중했다.

　　"아, 나도 너무 늙어버려서 못 알아보려나.. 천천히 봐봐요. 나도 늙었지만 옛날 얼굴은 조금 남아있을거야.”

남자는 계속 떠들어댔고,
나는 할아버지와 지우가 이곳에 오기 전에 스스로 나의
상태를 확인하고 싶었다.

　　　“나예요 나! 준석이!! 삼겹살집 아들내미 강준석이!!”

갑자기 ‘삼겹살집 아들내미 강준석’이라는 말이 크게 들
려왔다.
저 아저씨가 도대체 무슨 말을 하는 건가..
공연장에 가기 전 종로식당 앞에서 봤던 준석이의 얼굴과
저 아저씨의 얼굴이 겹쳐 보이기 시작했다.
지금도 그 순간을 잊을 수가 없다.
‘준석이 맞는데? 어? 준석이 맞는 것 같은데..’
뭔가 잘못 돼도 한참 잘못 됐다는 것을 그제야 제대로 느
끼기 시작했다.
고개를 이리저리 돌리며 주위를 살펴보니 그곳은 병원이
아니었다.

매우 일반적인 작은 가정집에 여러 가지 크고 작은 의료
기기가 보이고 그것들과 나의 몸이 연결되어 있었다. 그
리고 회색 옷을 입은 아주머니 옆으로 본인을 강준석이라
말하는 아저씨의 얼굴을 다시 마주했다.

아무리 보아도 준석이가 맞았다.

'당신이 준석이가 맞다면 지금 이 상황에 대해 자세히
설명을 해주세요. 할아버지랑 지우는 어디 있습니까.'

속으로 끝없이 반복했지만 목소리가 전혀 나오지 않았다.

그때, 문이 열리고 사복을 입은 의사가 들어와 나의 상태
를 확인했다.

"박인호씨, 사고났던거 기억합니까? 네? 왜 이러고 있는
지 기억해요? 고개 살짝 끄덕이는 걸로 대답해보세요."

조금이라도 더 움직이고 말을 하려고 힘을 과하게 썼는지
나의 몸은 이미 뜨겁게 달아올라 있었다. 의사는 더 이상
질문을 하지 않고 안정될 수 있도록 유도했다. 그 이후로
는 잠이 들었는지 잠시 동안 기억이 없다가 다시 사람들
의 말소리가 들리며 잠에서 깨기 시작했다.

"이제 어떡해야되나?"

"뭐가요."

"아니, 나는 잘 모르지만 그동안의 상황을 싹 다
얘기해줘야 될 거 아니에요."

"...아줌마가 할 일은 끝났어요. 여기까지만 해주시
면 돼."

"이제 막 깨어났는데?"

"내가 다 할겁니다 이제.."

"아이고~ 일 안해요? 환자 혼자 저렇게 두고 나가
고 그러면 안 좋을텐데.. 이제 의사도 개인적으로
부르지 말고 병원에…"

"내가 붙어있을 수 있으니까 아줌마는 이제 돌아
가보세요. 필요하면 다시 연락드릴게"

"아니, 뭐.. 그렇다면야.."

"고생하셨어요. 이거 잘 넣어가시구요."

"어머, 왜 이렇게 많아요?"

"그동안 고생하셨으니까. 이번달치랑 퇴직금 좀 넣
었어요."

"아이고 참. 나야 뭐 일이지만.. 어쨌든 맘이 완전히 편하진 않네."

"나도 좀 그렇네요."

"뭐.. 어쨌든 필요하면 언제든지 불러요. 이제부터
가 진짜 힘들텐데.."

"그래요. 조심히 가시구요."

그들의 대화가 끝났는지 잠시 정적이 흐르다가 아저씨,
아니 강준석이 방으로 들어왔다.
눈을 뜨고 있는 나의 모습을 본 강준석이 머리맡으로 와
앉았다.

"일어나셨네. 어때요? 몸이 좀 풀려요? 휴... 아까 의
사가.. 기적이라네. 참... 나도 이런 날이 올 줄 정말
몰랐어요. 형님... 형.. 정말 반갑네. 반가워.."

그때 준석이의 주름진 얼굴에 흐르는 눈물을 보면서 순간
많은 생각이 들었다. 많은 생각들 중 가장 묵직한 것은,
'아직 뭔지 모르겠지만 포기해야 할 것들이 많겠구나..'
라는 것.

포기할 것들이 분명히 있다는 것을 느낀 그 순간부터 심장이 정말 빠르다 못해 느리게, 강하게 뛰었다. 자동차 바퀴의 회전이 너무 빨라 오히려 느리게 도는 것처럼 보이듯이 내 심장은 정말 느리고도 빨랐다.

더 이상 참을 수가 없었다.

목소리가 나올 때까지는 도저히 다른 방법이 없어 답답한 마음에 이리저리 고개를 돌리던 중, 오른쪽 서랍 위에 얼굴만한 손거울이 보였다. 온 힘을 다해 거울이 있는 쪽으로 고개를 돌려 시선을 고정하고 표정으로써 대화를 시도했다.

"형님, 왜그래요? 뭐 필요해? 응? 뭐?"

나는 계속해서 얼굴의 모든 세포와 조직에 집중하며 준석이의 시선을 거울로 이끌어내고 있었다.

"응? 뭐, 이거? 거울?"

나는 고개를 끄덕였고, 준석이는 그것을 손으로 집으며

잠시 멈칫거렸다.

"이거 맞아요? 거울? 아.. 거울.."

배꼽아래부터 턱밑까지 꽉 찬 답답함을 조금이나마 덜어
내고자 나도 모르게 거울을 원했지만 준석이의 표정을 본
순간 덜컥 겁이 났다. 포기해야 할 것들이 아닌, 이미 놓
친 것들을 이제부터 하나씩 혹은 한꺼번에 만나기에는 아
직 나의 숨이 너무 거칠었다.
거울을 든 채 숨을 고르던 준석이는 반대쪽 손으로 나의
머리를 매만지고 눈가와 입을 닦아주고는 나의 얼굴 앞에
거울을 갖다 댔다.

길게 자라난 수염.
빈 곳을 찾아 이어지는 주름들.
그로인해 처진 눈가.
이상하다.
이상하지 않다.
이상하다.

이상하지 않다.

분명히 내 얼굴이 맞다.

나 맞다.

스물아홉 먹을 동안 수없이 많이 봤던 내 얼굴.

이를 닦고 면도를 하고 세수를 하고 옷을 골라 입으며

수없이 많이 마주했던 거울 속 내 얼굴.

그 얼굴이 분명한데..

많이 달라졌다. 거울엔 한 노인이 보였다.

턱밑까지 꽉 찼던 답답함이 입천장을 치고 콧속을 치더니

눈에서 뜨거운 물이 우르르 차올랐다.

답답함 자체가 답답했다.

숨이 막혔다.

어릴 적, 하고 싶은 말은 많은데 울음이 너무 강하게 튀어
나와서 말은 하지 못하고 '헉헉 흡흡' 거리며 고개를
쳐들고 울었던 기억이 있다. 나뿐만아니고 누구나 그런
경험은 있을 것이다.

그때처럼 절대 막을 수 없는 울음이 터져버렸다.

　　"형.."

준석이도 거울을 내려놓고 얼굴을 감싼 채 울기 시작했다.

지금 다시 생각해보니 얼굴을 감싸고 흐느끼던 준석이의 모습은 정말 옛날 모습 그대로였던 것 같다.

어른이 되어 차갑고 딱딱한 사회에 당당하게 나왔을 때 나름대로 어른이라고 겁대가리 없이 이것저것 만지고 이곳저곳을 돌아다니며 정신 못 차리고 영역표시를 하려하지만, 알지 못하는 골목에 들어섰을 때 순간적으로 느끼는 공포감은 인간을 겸손하게 한다.

그 겸손함을 부끄러워하며 뒤로돌아 태연하게 왔던 길을 찾아보지만 그 길은 절대 기억나지 않는다. 그때부터 두려움이 몰려온다.

어른이 되어 느끼는 두려움은 정말 비참하다.

누군가의 품에 안겨 눈물을 흘리고 그의 목에 손을 올려 매달리며 힘껏 다리를 올려 그의 허리를 감아 나와 그의 얼굴을 맞대고 싶지만 나는 이미 너무 많이 커버렸다.

가끔은 얼굴을 손으로 감싸지 않고 당당하게 울고 싶었다.

나 지금 울고 있다고 당당하게 보여주고 싶었다.

그날의 준석이와 나는 어리지 않은 모습으로 그렇게 두려움이 주는 비참함을 끌어안고 있었다.

당시 나는 온전치 못한 몸상태로 인해 한순간에 힘이 빠지며 잠이 드는 일이 빈번했다.

다시한번 눈을 떠보니 준석이는 보이지 않았고 커튼사이로 보이는 창밖은 어두웠다. 두려움을 불러들일 것만 같은 시계초침소리가 방안을 채웠다.

일어나야겠다는 간절한 생각은 여전했고 숨을 거칠게 내쉬며 몸에 힘을 주는 순간, 손가락 끝과 발가락 끝부터 전율이 느껴지며 몸이 움직이는 것을 느낄 수 있었다. 원하는 대로 마음껏 움직일 수는 없었지만 쉬고 있던 근육들이 드디어 응답을 해주었다.

그것보다 더 반가운 것은 목소리가 나오기 시작했다는 것이다.

머릿속에 돌고 도는 단어들과 문장들이 바로바로 튀어나오지는 않았지만 입 밖으로 뭔가를 내뱉을 수 있다는 것 자체가 정말 다행이었다. 그때 내 머릿속에는 쓸데없는 단어와 문장이 단 한 줄도 없었다. 무조건 할아버지와 지우에 대한 것들이었다.

"형! 정신이 좀 드세요?"

준석이의 얼굴이 내 시야에 들어왔다.

　　"하아… 정말 놀랬어요 형님. 이틀동안 반응이 없으
　　셔서 다시 오랫동안 그러실 줄 알고.."

이번엔 묻고 싶은 것을 기필코 물어야겠다는 생각과 동시
에 다시한번 온 몸에 힘을 주고 입을 벌려 목소리를 내기
시작했다.

　　"…지우..지..우."
　　"예? 형님! 지금 말씀하신거 맞죠? 뭐라구요?"
　　"지우.. 지우.."
　　"아.. 형."
　　"지우..어딨.. 어딨..어."
　　"…형님."

준석이의 눈꼬리와 입모양, 그리고 목소리는 내가 감추고
있던 불안감을 끄집어내고 있었다.

"어디있어 지우.."

".. 형.."

"..할아버지.. 할아버지는.."

"형 지금이.."

"없어?"

"사고났던건 기억나시죠.."

".. 없어? 아.. 아무도?"

"할아버님하고.. 어... 지우누나가요 형님.."

"내..가.. 내가 얼마나 누.. 누워있었나?"

"..."

"얼마나! 얼마.. 얼마나 됐냐구!"

"삼십오년이에요 형."

삼십오년,

어둠속에서 깨어난 뒤에 준석이의 얼굴과 내 얼굴을 봤을 때 오랜세월이 흘렀음을 직감했지만 '35년' 은 말을 잇지 못할 정도로 너무 오랜 세월이었다.

내 속을 꽉 채우고 있던 답답함이 제 맘대로 이리저리 몸부림을 치며 내 뼈와 장기들을 누르고 밀어내고 주물러대기 시작했다.

아마 내 몸의 신경과 근육이 회복하는데 가장 탄력을 받았던 순간이 바로 그 순간일 것이다.

'삼십오년'이라는 그 한마디가 혈압을 정상범위 내로 끌어다 놓았고 뼈 마디마디를 유연하게 했으며 눈썹의 움직임과 항문 괄약근을 조이는 느낌까지 선명하게 했다.

그 모든 것은 답답함의 답답함, 억울함의 억울함.

그 어떤 표현도 가당찮은 나의 감정을 표현하기 위한 마지막 몸부림이었다.

몸부림 직전, 한번 더 물었다.

"지우는.. 지우.. 지우도 없..없어?"

"형.. 일단 지금은 이렇게 흥분하면.."

"없어? 진짜 없어?

" ... "

"...어? 어?!!"

준석이는 고개를 떨구며 눈물을 쏟아냈고,

나의 몸부림이 시작됐다.

기억이 잘 나지 않지만 그때의 나는 황소의 머리를 달고, 몸통은 장어이며 불곰의 앞발과 말의 뒷발을 달아 강하게 튕기며 휘둘러댔다.

오른쪽 서랍 위 물병과 거울이 바닥으로 내쳐져 깨지고, 의료기기들과 연결되어 있던 내 몸의 줄들은 빠질 것은 빠지고 엉켜버렸다.

"형님! 형!! 이러지마요. 응? 이러지마!"

점점 더 격해지는 몸부림에 나를 붙잡고 있던 준석이의 목소리도 높아졌고 그에 따라 내 목소리도 방 안을 찔러대고 있었다.

"아악!!!!!"
"형! 형!!"

할아버지의 얼굴과 지우의 얼굴이 천장에 은은하게 교차되고 있었다. 정말, 정말로 가슴이 먹먹했다. 너무나도 보고 싶었다.

그들이 내 앞에 없다는 결과는 내가 원인이었고
내가 그들 앞에 없다는 결과 또한 내가 원인이었다.
황소도, 장어도, 불곰도, 말도 나의 감정을 이기지는 못했
고 준석이를 뿌리치며 침대 밑으로 떨어졌다.

　　"인호형.."

바닥으로 떨어진 나를 끌어안은 준석이의 체온을 느끼니
점점 나의 숨소리가 내게 온전히 들리기 시작했다.

　　"형님! 형.. 나도 혼자야. 응? 우리 나이가 몇이야..
　　나도 혼자야.
　　우리 잘 살다가 저 위에 올라가서 다같이 만납시다. "

2017년 2월 5일.

2017년 2월 5일.

짐승과도 같은 몸부림은 이후에도 매시간 마다 반복됐다.

아무것도 먹을 수도 마실 수도 없는 앞이 보이지 않는 시간들로 몇날 며칠을 보내다가 정신을 차려보니 우리는 서로 아무 것도 아무 말도 하지 않고 있었다.

　"가자."

　"예?"

　"할아버지.. 지우.. 어디있니."

　"가보실 수 있겠어요?"

　"...데려다줘."

나의 몸은 마치 무엇을 기다리고 기대하듯 나날이 빠르게 회복되고 있었고, 나의 생각도 그와 같은 속도로 깊이 파고들었다.

35년이 지났다지만 과거 지우의 나이를 생각하면 아직 운명을 달리 했을 리가 없다는 생각에 준석이에게 충분한 설명을 요구했고, 드디어 1982년에 머물러있는 좁은 방안을 벗어나게 됐다.

2017년의 대한민국은 많이 변해있었다.

서울 시내를 달리고 있는 준석이의 차 안에서 나의 시선은 한참동안 창밖을 향했다.

자동차들로 가득한 도로 옆으로 높은 건물들이 빼곡하게 서있고 건물마다 붙어있는 간판들과 건물 위 커다란 전광판은 과거와 차원이 달랐다.

　"많이 달라졌죠? 종로잖아요 여기."

'종로'라는 말에 심장이 잠시 쪼그라들었다.

얼마전까지 젊은 얼굴로 사랑하는 이들과 함께 누비던 그곳이, 어둡고 추운 아주 짧은 꿈을 꾸고 일어나니 다른 곳인 듯 달라져있고 사랑하는 이들은 그곳에 없었다. 그리고 창문에 비친 내 얼굴도 이젠 젊지 않았다.

멀미를 하지 않는 사람인데, 멀미가 났다.

종로를 벗어날 때까지 창밖에서 시선을 뗄 수 가 없었다.

혹시나 할아버지와 함께 했던 그곳, 지우와 함께 했던 그곳들이 아직도 남아있어 내 눈에 띌 것만 같았다.

종로를 벗어나고 서울 시내를 벗어날 동안 그곳들은 눈에 띄지 않았고 한편으로는 다행이라고 느꼈다. 그곳들을 만났을 때 솟아날 감정을 이길 자신이 없었다.

창밖에 고정되었던 시선을 떼고 의자에 기대어 눈을 감았다. 아주 조금 열려있는 창문에 찬 공기가 슬슬 들어왔고 공기의 냄새는 1982년 그때와 같았다.

나에게 1982년 2월과 2017년 2월은 아주 가까웠다.

　　"시간이 좀 걸렸네요. 다 왔어요."

잠시 잠이 들었다가 준석이의 목소리에 깼다.

'경기도 여주시' 표지판을 지나 한적한 시골길로 달리더니 얼마 지나지 않아 어느 산 초입 공터에 멈춰섰다.

준석이는 회복 중인 나를 위해 먼저 내려 나를 부축한 채 산을 오르기 시작했다.

　　"더 어두워지기 전에 와서 다행이네요."

　　"여기야?"

　　"예, 조금만 올라가면 돼요. 중간에 한번 쉬죠."

확인하고 싶지 않은 사실을 확인하고 싶어서 그곳까지 갔고 산길을 밟고 조금씩 조금씩 오르고 있던 나는 두려움에 떨고 있었다. 정말 확인하고 싶지 않고 믿고 싶지 않은 사실을 반드시 확인해야겠다는 내 마음이 원망스러웠다.

예전에 자주 느끼던 것이 있다.

일상생활을 하던 중 지금 이 순간이 현실이 맞는지 혹시 꿈은 아닌지 아주 잠시잠깐 헷갈릴 때가 있다. 그것은 어떤 일이 잘 되거나 잘 안되었을 때 현실여부를 확인하고픈 마음이 아닌,

밥을 먹는 중이나 길을 걷는 중 또는 화장실에서 볼일을 보는 중 등등 아주 지극히 일상생활 중에 느끼는 말 그대로의 '느낌'이다.

그날 준석이의 부축을 받으며 오르던 산길에서 바로 그 '느낌'을 느꼈다. 확인하고자하는 사실 자체가 믿기지 않았기에 산을 오르는 이유마저 순간적으로 꿈처럼 느껴졌다.

산길이 험하거나 멀지는 않았다.

나는 스물아홉이지만 내 몸은 예순넷이라 숨이 조금 찼는데, 나만의 사정이 아니라 준석이도 마찬가지였다. 오십

을 훌쩍 넘은 동생의 숨소리도 거칠었다.

　　"저기 좀 앉자."
　　"그럴까요?"

한쪽구석에 큰 바위가 보였고 나란히 앉아 숨을 돌렸다.
애초부터 오래 쉬고 싶은 생각이 없었다.
몸 상태 때문에 어쩔 수 없이 시간을 보냈지만 마음속은
목적지로 향하고 있었다.

　　"벌써요? 조금만 더 쉬시죠. 아직 해 안 떨어져요"

나는 말없이 준석이의 팔을 잡아끌며 재촉했고 내 감정을
잘 알고 있는 그이기에 곧바로 나를 따랐다.
목적지까지 얼마나 남았는지는 몰랐지만 그곳에 가까워
질수록 심장이 점점 빠르게 뛰었다. 조금씩 거슬리던 나
뭇가지가 더 이상 거슬리지 않고, 내내 신경 쓰이던 불편
한 걸음걸이도 상관할 바가 아니었다. 당장 화장실에 들
어가 변기에 앉고 싶은 긴장감이 절정에 다다를 때 쯤, 준

석이의 걸음이 멈췄고 그의 시선도 한 곳에 멈췄다. 나도
고개를 들어 그의 시선을 따라 앞을 보았다.

한 기(基)의 무덤이 보였다.

숨을 쉬기가 힘들었다.

크게 숨을 내쉬며 고개를 돌려 준석이를 쳐다보자 고개를
한번 끄덕이고는 나를 무덤 가까이로 이끌었다.

한 걸음 한 걸음 내딛을 때마다 눈에 보일 정도로 발끝이
떨렸다.

고요한 산 속에 우리 두 사람의 숨소리만 경건히 들렸다.

무덤 앞에 서자 비석에 새겨진 이름을 확인할 수 있었다.

'박 충 현'

나도 모르게 주저 앉아버렸다.

　　"할아버지, 인호형 왔습니다. 드디어 일어났어요
　　할아버지. 많이 달라져서 놀라시겠네.. 형 왔어요
　　할아버지.."

할아버지께 건네는 준석이의 말에 내 가슴이 바닥에 달라
붙었다. 뭐라고 할 말이 없었다. 숨을 쉴 수 없을 만큼의

눈물이 쏟아졌다. 그에게 죄인이 되어 돌아왔다.

오늘을 위로하고 내일을 기대하게 했던 그분과의 저녁식사가 너무나 그리웠다. 사고가 있던 그날 종로식당에서 마지막으로 봤던 그의 얼굴이, 쓸쓸히 홀로 눈을 감으셨을 그의 얼굴이 그려졌다.

　　"형님 그렇게 되고나서 몇 해 계시다가 가셨어요.
　　형 일어나는거 꼭 보겠다고 그러셨는데.."

나는 어떤 말도 할 수가 없었다.

자식의 성공과 실패 또는 완벽과 실수를 가리지 않고 울고 웃으며 감싸 안는 존재가 부모이나, 실패와 실수가 아닌 온전치 못한 아픔을 겪고 돌아온 자식을 본 부모는 울음도 웃음도 지을 수 없다.

부모도 끓고 식는 연약한 마음을 가진 사람이기에 상처를 받는다.

하지만 분명한 것은 잠시 동안 울음과 웃음을 잃을 뿐,

감싸 안아 주는 것은 동일하다.

지금도 그곳에 가면 아무 말도 하지 못하고 내려오곤 한

다. 그의 목소리가 언제 들릴지 몰라 내가 감히 먼저 입을 뗄 수가 없다.

그렇게 한참을 바닥에 엎드린 채 눈물을 쏟다가 잠시 고개를 들었을 때 스쳐지는 시야에 뭔가가 보였다.
할아버지의 무덤 옆으로 보이는 낮은 내리막 풀숲과 몇 그루의 나무 사이로 다른 무덤이 눈에 들어왔다.
이마가 차가워지고 겨드랑이 밑으로 잔잔한 떨림이, 손과 발에 차가운 땀이 느껴졌다.
나는 그대로 바닥을 기어 풀숲 사이로 향했다.

"형! 조심해요! 내가 잡아줄게!"

준석이의 손길을 뿌리치고 낮은 내리막 풀숲을 지났다.
확인하고 싶지 않은 사실을 확인해야 하는 것을 걱정하며 그곳에 도착했지만 풀숲을 헤치며 기어가던 그 순간은, 죽음 직전 이었다.
죽을 것 같은 고통을 참으며 기어가 마침내 무덤에 다다랐고, 무릎을 꿇고 눈을 감은 채 비석을 두 손으로 잡았다.

귓가에서 여러 사람의 목소리가 들렸다.

그 사람들은 쉼 없이 떠들어대고 있었지만 내용은 다 같은 맥락이었다. 아니다, 다시 생각해 보니 한사람의 목소리였고 내용이 여러 가지였다.

제발 그 목소리와 관련이 없길 바랐다. 다 소용이 없다는 걸 알고 있었지만 계속 부정했다. 고개를 상하좌우로 정신없이 흔들며 목소리를 떨쳐내려 했지만 뜻대로 되지 않았다.

어쩔 수 없었다. 다른 방법이 없었다.

확인하고 싶지 않은 사실을 확인하기 위해

꽉 감고 있던 눈을 떴다.

'임 지 우'

틀린 답을 적어 낸 것을 이미 알고 있는 아이가 마침내 성적표를 받았을 때 얼굴이 일그러지며 아무것도 신경 쓰지 않고 울음에만 집중하는 것은, 결과의 원인인 자신에 대한 원망의 의미이다.

"지우야!... 어떡해.. 진짜.. 진짜야?.. 준석아 이 새끼야! 진짜야?... 우리 지우! 여기 왜.. 추운데서 이렇게.. 지우야!..."

그날, 사고가 있던 날 집으로 바래다주고 대문이 닫혔을
때 뭔지 모를 울렁거림과 머뭇거림의 이유가 이런 충격과
잔인함의 결과 때문이었다면 우리의 인생은 이미 정해져
있고 그대로 진행 중인 것이 아닐까... 그래서 인생은 마
음대로 사는 것이 아니라고 하는 건가보다.
대문이 닫힌 이후로는 더 이상 지우의 얼굴을 볼 수 없고
목소리를 들을 수 없고 따뜻하고 부드러운 손을 만져볼
수 없다.
추운 것을 싫어해 겨울이 떠날 때까지는 따뜻한 나라에
가있다가 봄과 함께 다시 한국으로 돌아오고 싶다던 지우
의 말이 떠올랐고, 아직까지는 찬바람이 불고 꽃이 피지
않은 시기에 무덤 안에서 혼자 누워있을 지우를 따뜻하게
안아주고 싶었다.
미안하고 미안했다. 표현 할 수 없을 정도로 미안했다.
충격과 잔인함의 결과에 더 억울하고 답답함을 느낀 이유
는 지우의 얼굴이 잘 기억나지 않았기 때문이다.
군복무시절, 정말 기다리고 기다렸던 면회 기회를 얻어

지우를 만나고 시간 같지도 않은 야속한 시간을 보내다가 돌려보내면 그 이후로 며칠 동안 눈두덩이 속에서 선명하게 그려지던 얼굴이 서서히 지워지곤 했다.

그때 깨달았다. 보고 싶다는 생각이 너무 강하면 그 생각이 그 대상을 가려버린다는 것을.

군 제대이후 하루의 개념을 무너뜨리며 항상 함께했던 우리. 이제는 내가 아닌 그녀가 면회조차 없는 다른 세상에서 살고 있다는 사실 같지 않은 사실이 내 머릿속 그녀의 얼굴을 가리고 있다.

계속 소리를 내고 눈물을 흘리던 중에, 나의 몰골이 부끄럽다는 생각이 들었다. 지우가 기억하고 있는 내 모습과 지금의 몰골이 아주 많이 다르기에 당당히 얼굴을 들기가 어려웠다.

지금 글을 쓰며 가만히 생각해보니, 나는 그때 그 무덤 앞에서도 지우의 죽음을 믿지 않았던 것 같다. 어디선가 보고 있을 것만 같았고, 슬픔을 주고받으면서도 서로가 서로에게 괜찮다는 말을 전하고 있었다.

준석이는 날이 어두워져 이만 돌아가자고 했지만 나는 도저히 그곳을 떠날 수가 없었다. 돌아가야 할 이유가 없었다. 그렇게 여주 어느 산 속에 있는 할아버지와 지우를 두고 종로로 돌아간다는 것은 그들의 죽음을 인정하는 첫 걸음이자 마지막 걸음이기 때문이었다.

차를 세워둔 산길 초입까지 어떻게 내려갔는지 제대로 기억이 나질 않는다. 통곡을 하는 나를 등에 업고 쉽지 않은 길을 내려갔을 준석이에겐 미안하지만 할아버지와 지우에게서 멀어지는 그 순간부터 집에 도착하기까지 나 이외에 모든 존재가 원망스럽고 싫었다.

과서 한은 떨다

쉼 없는 투쟁에 정신은 혼미해졌던 어제가 아니고 새

킬 때가에 혼자 누워있었고 이번에도 세계천칭소가의

물을 일으켜 세계 평화를 보며 딱딱한 말에 전용

이유없고 없없다. 35년을 잃었고 사랑하는 사람

... 있으면 깨어나지 않는 것이 나았을

... 있으면 ... 하고 외고나본

63

다시 눈을 떴다.

쉼 없는 통곡에 정신을 놓아버렸던 어제가 지나고 아침이 되어있었다. 침대 위에 혼자 누워있었고 이번에도 시계초 침소리만 방안을 채우고 있었다.

몸을 일으켜 세워 창밖을 보니 딱딱한 빌라 건물들 뿐, 움직이는 것들은 아무것도 없었다. 35년을 잃었고 사랑하는 사람들마저 잃었다. 이럴 줄 알았으면 깨어나지 않는 것이 나았을 것을, 아무것도 모르고 나의 몸은 생존을 위해 몸부림을 치고 있었나보다.

한쪽 다리를 침대 밑으로 내려 바닥에 발을 내려놓고 이어서 반대쪽 발도 내려놓았다.

양쪽 다리에 힘을 주어 몸을 일으키는 순간 무게 중심이 앞으로 쏠려 넘어졌다. 역시나 몸이 말을 듣지 않았다.

바닥을 짚고 몸을 지탱하고 있는 양쪽 팔과 손의 힘에 의지하여 버티고 있는 내 모습이 한심하고 멍청하게 느껴지며 명치에서부터 뜨거운 화가 치밀어 오르기 시작했다.

몸을 일으켜 세워 크게 한숨을 쉬며 머리를 쓸어 넘기는데 손가락 사이로 스치는 머리카락의 촉감이 아주 뻣뻣했고 그것마저 화를 돋우고 있었다.

남들에겐 35년이지만 나에게는 하루아침이다.

하루아침에 머리카락은 희고 뻣뻣해졌고 몸을 가누는 것조차 힘들어 졌으며 결정적으로 사람을 잃었다.

여주에 다녀온 것으로 모든 것이 끝났고 아무것도 할 수도 없었고 할 것도 없었다.

그 상황에서 방 안을 채우고 있는 시계초침은 매우 신나고 앙증맞게 돌며 소리를 내고 있었다. 시계를 들어 바닥에 던져버렸다.

할 수 있는 것이 그것 밖에 없었다.

사실 솔직히 말하자면 그날 할 수 있는 일, 했던 일은 시계를 던진 것 말고도 한 가지 더 있었다.

다시 넘어지지 않게 한걸음 한걸음에 집중하며 화장실로 향해 세면대 위 거울 앞에 섰다. 하얗게 센 머리카락, 쳐진 눈매, 얼굴 곳곳에 보이는 주름, 얇아진 목과 어깨선. 그것들을 장작으로 삼아 가지런히 정리를 해두고 다시 침대 옆으로 돌아갔다.

창문을 열고 얼굴을 내밀어 바깥공기를 여러 차례 마시고 뱉으며 스물아홉에 마셨던 서울의 공기와 현재 서울의 공기를 섞이게 하는 것으로 장작을 태우는데 필요한 산소를 충분히 머금었다.

이제 점화도구를 구하는 일만 남았다.

옷장과 서랍을 열어 이것저것 꺼내며 도구가 될 만한 것을 찾기 시작했다. 옷장에는 별 것 없었고, 서랍을 뒤지던 와중에 작은 달력과 신문을 확인할 수 있었다.

신문을 잠시 들여다보니 스물아홉이었던 1982년에도 그랬듯 현재 대한민국의 시국 또한 시끄럽고 좋지 못한 것 같았고, 곳곳마다 '2017'로 도배되어 있는 기사들을 보니 심장이 묵직하게 뛰기 시작했다. 신문을 내려놓고 서둘러 점화도구를 찾는 중에도 심장은 점점 빠르게 뛰고 있었다.

감당할 수 없을 만큼 감정이 올라오기 전에 할 일을 해야 했기에 나의 시선과 손이 움직이는 속도 또한 심장 못지 않게 빨랐고,

마지막 서랍 깊은 구석에서 도구를 찾아냈다.

도구는 아주 마음에 딱 들 정도로 길고 질겼다.

그렇게 모든 준비를 마치고, 장작을 정리해 둔 화장실로 들어가 고개를 드는 순간 놀라지 않을 수 없었다. 상황에 딱 맞는 무언가가 보였기 때문이다.

그것은 도구를 걸기에 아주 알맞은 '고리'였다.

어느 정도 적당한 무언가가 있을 것이라고 예상을 했었지만 그 집 화장실에서 본 고리는 다른 집에서 절대 볼 수 없는, 아주 신기할 정도로 나의 상황에 딱 맞는 고리였다. 조심스럽게 균형을 잡으며 욕조 윗부분에 올라가 한쪽 팔을 뻗어 고리를 잡고 반대쪽 손에 들고 있던 도구, 길고 질긴 끈을 고리에 걸었다. 그리고 머리를 그쪽으로 살짝 내밀어 고리와 연결된 끈을 목에 감아 어느 정도 팽팽하게 당겨 단단히 묶었다.

아주 잠시 동안 망설였다.

혹시나 하는 마음 때문이었다. 혹시나 누군가가 살아있지 않을까 하는 생각에 끈의 매듭에 손을 얹었지만 여주 산속 무덤의 모습이 눈앞을 가리며 미련이 담긴 손을 치웠다. 그 이후로는 정말 조금의 찌꺼기도 없이 깨끗하게 비운 마음으로 가벼운 숨을 내쉬며 마지막 기도를 입 밖으로 꺼내 반복했다.

"그들이 어느 곳에 있는지 알지 못하나, 빼앗아 가신 만큼만이라도 함께하게 해주십쇼."

십 수번을 내뱉다가 천천히 눈을 감았다.

그리고 곧바로, 욕조를 딛고 서있던 다리를 살짝 튕기며 공중에 몸을 맡겼다.

아주 잠깐 몸부림을 쳤지만 무조건 죽어야 한다는 생각만 머릿속과 마음속에 쑤셔 넣으며 죽기위해 발버둥 쳤다.

죽기위한 발버둥이었다.

죽음에도 노력이 필요했다.

준비해둔 장작과 산소가 점화도구의 필사적인 노력에도 쉽게 반응하지 않았다.

어느 순간 안정적인 자세를 잡게 되고,

미지근하던 피가 뜨겁게 끓어오르며 한쪽으로 쏠리고 끈이 감겨있는 목 부위의 감각이 둔해지다가 뭔가 부드럽고 나른한 기운이 점점 퍼지는 느낌이 들었다.

솔직히 말하자면 두려웠다.

어쩌면 삶에 대한 미련 때문이라고 말할 수도 있겠다.

스물아홉이던 시절 사랑하는 이와 함께 했던 날들, 함께 했던 공간, 함께 했던 순간.

예순넷이 된 현재, 사랑하는 이와 함께 했던 그 모든 것을 그리워하며 억울함의 눈물을 흘릴 수 있는 이 순간.

그것들을 잊게 될 수 도 있다는 알지 못하는 사후의 내 모습이 두려웠다.

육신이 스물아홉이든 예순넷이든, 나에겐 어제와 오늘의 개념이기에 사랑하는 이들의 죽음과 관계없이 그들은 내 곁에 분명히 존재하고 있다.

피해자는 내가 아닌 그들이다. 시작도 그리했듯이 끝도 그러하다.

과거에도 내가 먼저 그들에게서 멀어졌고, 장작을 태우려 하는 것도 내가 먼저였다.

그것이 두려움의 이유이며 내 감정의 전부였다.

몸이 가벼워지며 평온함을 느끼기 시작할 때쯤,

뭔가 잘못 되었다는 것을 직감했다.

'바라는 것은 그곳에 없으며 끝을 내는 것은 말 그대로 끝일뿐이다.'

나의 목소리로 내가 나에게 말하고 있었다.

그날 그렇게 죽어버렸다면 이 글을 쓰지 못함은 물론이며 내 인생의 색깔을 제대로 확인하지 못한 것을 지옥의 고통 속에서 처절하게 후회하고 있었을 것이다.

"형! 인호형! 형! 형!"

밝은 빛이 아른거리다가 서서히 눈이 떠졌지만 몸 구석구
석까지 피가 돌지 않아 움직임이 무거웠다.
준석이의 목소리가 짧지 않은 시간동안 귓가에 지속적으
로 울렸고, 다시 제대로 눈을 떴을 때는 침대 위 천장이 보
였다.

"좀 어때요. 괜찮으세요, 형?"

준석이가 침대 옆으로 테이블을 끌어다 놓고 침대에 걸터
앉았고 테이블 위에는 김이 은은하게 적당히 올라오고 있
는 호박죽이 있었다.

"들어보셔. 이거 좋아하셨잖아 호박죽."

당장은 아무 말도 할 수가 없었다.
억울하고 무겁고 잔인하고 처절한 인생을,
당사자인 내가 받아들이기도 버거운 그 인생을 가족도 아

닌 남의 입장에서 끌어안고 있는 준석이에게 몹쓸 짓을
한 꼴이었다.

> "지우누나.. 형 옆에서 계속 간호하고 일하고.. 몸이
> 말이 아니었어요.. 몇 해만 더 살았으면 형 깨어나
> 는 거봤을 텐데.. 너무 일찍 갔어.. 그래도 저 위에
> 서 기뻐하고 있을 거야."

지우의 죽음에 대해 조심스러워하던 준석이의 입에서 힘
겨운 말이 흘러나왔다.
나도 그 용기에 보답을 해야겠다는 생각이 들었다.
준석이에게 보답할 수 있는 것, 신세를 진 것에 대해 갚을
수 있는 것이 있다면 평안한 회복의 모습을 보이는 것이
정답이라고 생각했다. 사실 그 회복 또한 그가 원하는 방
향과 내가 원하는 방향이 다른 것을 알고 있었지만 말이다.

> "옛날 집.. 동네.. 가깝나?"
> "가깝죠. 얼마 전에 차타고 가다가 보셨잖아요."
> "그래.. 그랬지."

"한번.. 가보고 싶으셔?"

나는 숟가락을 드는 것으로 대답을 대신했다.

"그래. 조금이라도 드셔야지."

준석이는 이후로도 지금까지 그날 화장실에서 있었던 타다가 멈춘 장작에 대한 이야기를 꺼내지 않았고, 나는 준석이에 대한 보답을 준비하기 시작했지만 아까도 말했듯이 방향이 다르다는 것을 철저히 숨길 수밖에 없었다.

바로 다음날부터 필사적인 운동을 시작했다.

준석이가 구해다 준 목발을 의지해 집 앞 공원까지 홀로 걸어가 공원 한 편 놀이터에 도착하면 목발을 내려놓고 걷는 연습을 했다.

순식간에 먹은 나이도 나이인지 오래되지도 않은 일인데 운동을 하던 그 기간이 얼마 동안인지 기억이 확실하지 않다.

하지만 그건 중요하지 않고, 그 의지가 비로소 목표를 달성해냈다는 것이 중요한 일이다.

흰 쌀죽.

간장을 곁들인 쌀죽.

점차 쌀죽이 아닌 쌀밥.

쌀밥에 달걀말이.

쌀밥에 달걀말이와 김치.

쌀밥에 달걀말이와 김치, 그리고 소시지.

그것이 적응될 즈음에 후식으로 과일과 아이스크림.

내 입속으로 들어가고 몸속 깊숙이 들어가도 탈이 나지 않을 만큼 적응기간이 흘렀을 때는, 목발을 챙기지 않아도 공원까지 갈 수 있게 되었으며 놀이터 몇 바퀴는 거뜬하게 돌 수 있게 되었다.

그 기간은 결코 길지 않았다. 나의 의지가 반영되었기 때문인 듯하다.

그러던 어느 날, 드디어 기회가 왔다.

무책임한 죽음이 아닌 신의 부르심에 복종하는 죽음을 택한 나의 마지막 인생길. 그것이 신에 대한 무조건적인 복종인지 그가 선물한 이들과의 재회를 기대하는 조건적인 복종인지는 말하지 않겠다.

확실한 것은, 장작을 태우려던 나의 행동으로는 절대 누군가를 만날 수 없다는 것이다. 그에 대한 확실한 해결책을 알지 못하더라도 더 이상 남에게 피해주지 말고 주어진 상황에서 느낄 수 있는 것을 최대한 느껴야 한다.

이것은 어리석게 장작을 태우려던 그날 다행스럽게도 한 번에 깨달은 것이다.

"형님! 오십쇼!"

식탁에는 된장찌개와 흰 쌀밥이 올라와있었다.

투박하게 썬 애호박과 양파, 멸치로 우려낸 육수가 아닌 밋밋한 맹물에 풀어진 된장의 맛이었지만 맛보다 끼니 채우기가 우선인 우리 두 사람의 아침식사로는 부족함이 없었다.

"앉으세요."

"된장?"

"예, 이제 이런 거 막 드셔도 무리 없을 거예요."

"참.. 나땜에 고생한다."

"아니에요. 형님 깨어나시고 회복도 잘 되고 있으
　니까 전 좋죠.

매일 매일이 반갑네요. 반가워요. 참.."

"그래. 먹자."

"달걀후라이 하나 해드릴까?"

"됐어. 충분해 충분해."

"그래요. 저.. 이제 여러 생각 마시고 저랑 이렇게 재밌게 지내십시다. 네? 일부러 생각을 하지 말아요. 우리가 이렇게 지내는 게 먼저 간 사람들이 보기에도 좋을 거야."

그때 준석이의 휴대폰 벨소리가 울렸다.

"여보세요.. 어... 아니 괜찮아 얘기해... 응... 오늘? 오늘이라고? 당신은?... 아니 그걸 왜 지금 말해?!... 아니 당신은 가든 못 가든 상관없고, 애가 도착할 시간이 다돼 가는데 이제 말을 하냐고!... 아이고 됐어 됐고! 알겠으니까 있다가 연락해."

전화를 끊고 내 눈치를 보더니 조심스레 입을 열었다.

"헤어진 마누라요. 딸내미가 지방에서 직장생활 하
다가 오늘 잠깐 올라온다고 그러는데 그걸 이제 말
해주네요. 곧 있으면 터미널 도착할 시간인데.."

"이혼을 했어?"

"예.. 그렇게 됐어요. 자식도 다 키워놨고 뭐.. 늙어
가는 마당에 서로 안 맞는데 계속 같이 살 필요가
있나 싶어서.."

준석이의 말이 끝나자마자 내 머릿속에 있던 계획이 차곡
차곡 정리되며 때가 왔다는 확신이 들었다.

식사를 마치고 현관문 앞에 서있는 준석이의 얼굴을 보는
동안 여러 가지 생각이 들었다.

나의 불확실한 계획과 이것으로 인해 저 친구가 받을 상
처를 어떻게 깨끗이 연결시킬 것인가에 대한 생각이었다.

"있다가 나가시게 되면 운동 너무 오래하지 마시고
들어와서 쉬세요. 저도 많이 늦지는 않을 겁니다."

"그래. 조심히 다녀오고.."

준석이가 문을 열고 나간 뒤 현관문이 닫히자마자 나는
완벽하지 않은 몸을 이끌고 최대한 빠르게 움직였다.
옷장 옆 구석에서 큰 여행 가방을 꺼내와 열고
여름옷부터 겨울옷, 담요까지 순서 없이 마구 집어넣었다.
운동화 한 켤레도 봉지에 담아 가방 속으로 넣은 뒤
방을 한번 둘러보고 식탁 위 먹다 남은 빵도 챙겼다.
서랍을 열어 팬티와 양말, 잡동사니 속 지폐 몇 장을 챙기
고 나니 짐이 가득 차 여행가방 뚜껑이 쉽게 닫히지 않았
지만 있는 힘껏 눌러 닫았다.
그동안 꾸준히 노력해 온 운동의 결과인지 내 몸의 움직
임은 내가 확실히 느낄 정도로 자유롭고 빨랐다.
허리를 펴고 숨을 한번 크게 쉬며 생각을 정리하다가
옷장 속 겉옷을 꺼내 입고 여행 가방을 세워 가방을 끌고
나가려다가 잠시 멈추고 다른 쪽 서랍을 열어 메모지와
펜을 꺼내 식탁에 앉아 글을 쓰기 시작했다.
준석이에게 쓰는 편지였다.
그가 원하는 방향이 정확히 어떤 쪽을 향하고 있었는지
알지 못하지만 나와 다르다는 것을 말해주기에는 나의 상
황과 처지가 턱없이 비참했다.

그에게 정말 미안하고 미안하지만 최선책으로 할 수 있는
것은 갑작스런 편지밖에 없었다.
그것은 나의 어색한 60대의 시작을 알리는 편지이기도 했다.

35년 동안 지켜줘서 고맙다.
근데 난 아직 그대로야. 스물아홉이야
이제 살아있는진지 잘 모르겠다.
너한테 미안하지만
나혼자 정리할 시간이 필요해
그동안 운동열심히 했으니까. 걱정말고
내가 다시 올때까지 기다려줘.
정말 미안하다.

「내가 깨어날 때까지 35년동안 지켜줘서 고맙다 .

하지만 난 지금 살아있는걸 감사해야 하는 게 맞는 건지 . .

이게 살아있는 건지 . . 잘 모르겠다 .

예순넷이 되어버렸지만 내 안에 모든 것은 아직 스물아홉이야 .

혼자서 그 모든 것을 정리할 시간이 필요해 .

너에게 더 이상 짐이 되고 싶지 않다 .

그동안 운동 열심히 했으니까 내 걱정은 마라 .

언젠가 다시 보자 . 고맙다 준석아 . 건강해라 ."

79

예순넷의 나이를 인정하려는 첫걸음.

그것은 완벽한 도전이 아닌, 과거에 대한 미련을 잠시나마 직접 만지고 느껴보기 위해 스스로에게 주는 보상적 의미의 도전이었다.

다시 말하자면, 타버리지 않은 장작을 차마 버리지 못한 채 눈에 띄지 않게 감추어 끌어안고 있었음을 의미한다.

여행가방을 끌고 집 앞 공원으로 향했다.

끝이 보이지 않는 도전을 어디서부터 어떻게 시작해야 할지 막막했다. 공원 한 가운데 서서 몇 십 분을 고민한 끝에 얻은 결론은 아주 명쾌하고 적절했다.

가진 돈이라고는 서랍 속에서 꺼내온 지폐 몇 장뿐인데 당장 어느 곳에 써버릴 수가 없는 조심스럽고 중요한 돈이기에 지금으로서는 없는 것이나 마찬가지였다. 그렇다면 일단은 돈이 없어도 앉을 수 있고 누울 수 있고 씻을 수 있는 곳에 자리를 잡는 것이 최우선이었다.

예나 지금이나 아무 것도 없을 때 노숙을 선택한다면 그 시작점은 서울역이 될 것이다. 지난 35년간 세상이 어떻게 변했는지 속속들이 알지는 못하지만 서울역과 그 앞에 노숙인들은 존재할 것이라는 생각에 발걸음을 옮겼다.

종로와 멀지 않은 거리에 위치하고 있음을 알고 있었기 때문에 가는 동안 만나게 될 체력적 부담이 덜했고 많은 것이 변했지만 서울역의 위치와 분위기는 그대로일 것 이라는 확실치 않은 예상으로 긴장된 마음을 달랬다.

빌라촌을 벗어나 큰길을 따라 걷다보니 안국동 사거리가 보였다.

도보로 그곳에서 서울역까지 수월하게 가는 방법을 생각해보니 보신각을 지나 남대문시장으로 이어지는 길을 따라 내려가는 것이 가장 빠르고 적절했다. 이 또한 마찬가지로 세상은 변했겠지만 역사 깊은 장소는 그대로 남아있을 것이라는 다행스러운 사실과 그에 대한 예상이 발바닥과 땅바닥의 접촉시간을 확실하게 줄여주었다.

하지만 출발 직전, 보신각을 지나기로 한 계획을 변경했다. 서울의 변화를 확실히 느끼기 위해 광화문을 확인한 뒤 남대문 방향으로 내려가는 길을 택했다.

이정표를 확인한 뒤 횡단보도를 건너 조금 걷다보니 저 멀리 광화문이 보였다. 싸늘하고 공허한 마음 한쪽에 따뜻한 공기가 들어오는 느낌이 들었다. 나의 존재를 아무도 모르는 이 공간에서 마치 반가운 누군가와의 만남을 앞둔 기분이었다.

횡단보도를 두 번쯤 더 건너고 나니 광화문이 한 눈에 꽉 차게 들어왔다. 그 주변은 내 기억 속 모습보다 깔끔하게 정리되어 있었고 광화문 앞 쪽으로 펼쳐진 길고 넓은 광장에는 셀 수 없이 많은 외국인들이 밝은 얼굴로 사진을 찍고 있었다.

나의 처지와 다르게 해맑게 남의 나라 역사를 느끼고 있는 그들을 지나쳐 세종문화회관 쪽으로 방향전환을 하던 중, 뭔가 허전함을 느꼈다.

다시 몸을 돌려 광화문을 바라봤다.

나의 머릿속에 있던 답답한 무언가가 사라졌다.

조선총독부 건물이 보이지 않았다. 광화문을 지날 때마다 울화가 치밀고 답답함을 부추겼던 그것이 드디어 없어졌다.

나는 순간적으로 당시 나의 상황을 잊고 광화문과의 재회보다 더욱 반가운 그 사실에 대해 설명을 듣고 싶어졌다.

마침 나의 내적 나이가 아닌 외적 나이와 비슷한 또래의 남자가 보였다.

"저, 죄송합니다. 한 가지만 여쭤 봐도 될까요?"

"예? 예예."

"제가 저.. 어디를 좀 다녀와서요. 잘 몰라서.. 그..
저기 예전에 광화문 뒤에 조선총독부 건물이 있
었잖아요?"

"아, 있었죠, 있었죠."

"네. 그게 언제 없어졌죠?"

"그거요? 오래됐죠~ 와이에스때 철거했잖아요.
와이에스때."

"와이에스요?"

"예. 김영삼 대통령이 철거한 거잖아요. 그때 아주
그냥 시원했지 시원했어."

"아.. 예.. 참.. 잘됐네요."

"아니, 그걸 모르시나?"

"제가 오랫동안 어디를 다녀와서요."

"그래요? 어디를 다녀오셨길래 그러시나.."

"예. 좀.. 아무튼 감사합니다. 말씀 잘 들었습니다."

"예, 예."

그 남자를 보내고 광화문의 전경을 다시한번 제대로 바라봤다.

이건 이 글을 쓰게 되며 얼마 전에 찾아본 기록인데,

조선총독부는 1910년에 설립, 그 이후 경복궁을 훼손하며 중앙청사를 건립했고 1945년 광복까지 35년간 우리에 대한 식민통치의 중심이 되는 기관이었다고 한다.

우리의 35년과 나의 35년을 비교한다면, 민족의 한 일원으로서 무례한 짓이라고 받아들여질 수도 있겠지만 그것은 크고 작은 차이이며 넓고 좁은 차이일 뿐.

감히 말하자면 그 깊이는 결코 다르지 않다.

민족의 상처와 개인의 상처를 묶어두고,

계속해서 서울역으로 향했다.

현재의 모습과 과거의 모습을 한 눈에 확인 할 수 있는 서울시청, 그리고 숭례문을 지나는 동안 광화문에서도 그랬듯 수많은 관광객들과 나의 시대를 잘 알지 못하는 2017년의 젊은이들을 보니 따뜻한 공기가 들어왔던 마음 한쪽이 다시 서서히 식어가고 있었다.

 온 몸이 땀으로 적서지고 목마름을 참기 힘들어질 때 쯤, 서울역이 눈앞에 가까워졌다.

내가 알고 있던 서울역 건물은 더 이상 역의 기능을 하지 않고 있었다. 안국동사거리에서부터 이곳까지 오는 동안 보고 느끼면서 서울역도 마찬가지로 뭔가 크게 달라져 있을 것이라고 예상했었다.

그러나 그 주변의 모습은 크게 다르지 않아보였다.

매우 편안한 듯 또는 매우 추레한 옷차림으로 기거하는 이들.

술병을 생필품인 듯 끼고 다니며 계절에 맞지 않는 옷으로 무조건 바닥에 눕기 편한 모양새를 갖춘 그들.

각자 어떤 사연이 있어서 이곳에서 더위와 추위를 겪어내며 노숙을 하는 것인지 알 수 없지만 아마 상상이상의 사연들 일 것이다.

그들의 모습은 편한 듯 불편했다.

그 모습은 곧 나의 모습이 될 것이기에 한 사람, 한 사람의 행색 모두를 눈에 담고 있었다.

그들을 따라 눈길을 옮기다보니 심장이 덜컹 내려앉고 목덜미부터 관자놀이까지 소름이 돋는 장면을 마주할 수 있었다.

내 기억 속 서울역의 기능을 이어받은 새로운 서울역의 모습은 너무나 과하다고 느낄 정도로 거대했다. 하지만 그런 과한 모습은 오히려 나에게 득이 되는 반가운 모양 새였다.

이곳에서 생활하게 될 가늠할 수 없는 기간 동안 피할 수 없는 다른 이들과의 접촉을 조금이나마 줄일 수 있겠다는 안도감이 들었다.

이제 시작이다.

광장에 들어서면서부터 앞으로 기거할 수 있는 자리를 탐색했다.

짐을 옆에 두기 편하고 사람들과의 마찰이 적을 듯 하며 낮잠을 자기에도 적합한 명당이라 할 수 있는 자리는 이미 먼저 온 이들로 꽉차있었다.

잠시잠깐 영등포나 용산으로 옮겨야 할 것 같은 생각이 들기도 했지만 그럴 여력도 없었고 종로와 가까운 적절한 장소였기 때문에 일단은 숨은 자리를 더 찾아보기로 했다.

노숙인들이 보이는 곳을 따라 정신없이 이동하다보니 나도 모르게 서울역 안으로 들어가는 사람들과 몸이 부딪히며 민폐를 끼치고 있었다. 몇 차례 고개를 숙이며 사과를 하고 입구 옆쪽으로 붙어 서서 잠시 숨을 고르며 건물 안쪽을 들여다봤다.

바깥에서 보이는 모습과 안쪽의 모습은 또 다른 분위기를 갖고 있었다. 굉장했다. 좋은 자리를 찾는 것을 잠시 미루고 우선 목을 축이고 땀을 씻어내는 목적, 그리고 동시에 내부 구경을 목적으로 하여 안으로 발을 들여놨다.

높은 천장과 매끈한 바닥, 여러 대의 텔레비전, 높은 벽면에 커다랗게 붙어있는 광고판에서 십 수분동안 눈을 떼지 못하고 같은 자리를 맴돌고 있었다. 움직임에 걸리적거리는 여행가방 때문에 다행스럽게도 첫 번째 목적으로 시선을 돌릴 수 있었고 십 수분동안 이리저리 눈길을 돌리는 동안 잠깐 스쳐지나갔던 화장실의 위치를 향해 몸을 돌렸다. 화장실 안으로 들어서자마자 세면대 앞에 서서 거울을 보며 내 모습을 확인했다.

집에서 나올 때 머리를 감고 나왔어야 했다.

물론 깨끗이 감고 나왔다 하더라도 남들이 볼 때는 거기서 거기이겠지만 서울역으로 향하는 순간부터 도착 직후까지 내가 노숙생활을 앞두고 있다는 사실에 대한 인정을 미루고 미루었었기에, 그리고 한창 성공과 행복의 꿈을 꾸어야할 스물아홉의 내가 노숙인이 된 다는 것을 절대 용납할 수 없었기에 저 밖에 누워있는 그들이 아니라 안쪽에서 기차를 기다리는 이들의 입장에 가까워지고 싶었다.

소용없고 의미 없는 생각을 반복하며 허리를 숙이고 세수를 시작했다. 이마와 목뒤에 흘러 말라붙어있고 수염 사이사이로 찝찝하게 맺혀있는 땀을 닦아 낸 뒤 수도꼭지를 잠갔다.

허리를 펴려다가 다시 수도꼭지를 풀고 손을 모아 물이 고이게 만들었다. 역내 어딘가에 깨끗한 물을 마실 수 있는 시설이 있을 수 도 있지만 혹시 모르니 조금이라도 마셔두어야겠다는 생각이었다.

입을 대고 몇 모금을 마셨다.

더 마시고 싶었지만 솔직히 찝찝했다.

하지만 이어지는 다음 상황이 그 찝찝함을 한번에 밀어냈다.

약간의 인상을 쓰며 허리를 펴는 순간, 뒤에서 차례를 기다리는 이와 눈을 마주쳤고 자리를 오래 차지하고 있던 것에 대한 사과의 의미로 고개를 살짝 숙이며 자리를 내주었다.

곧바로 옆으로 비켜서서 손과 얼굴에 남아있는 물기를 제거하려고 한쪽 옷깃을 끌어당기며 턱 부분을 닦아내고 있는데 내 뒤에 서있던 그의 행동이 눈에 들어왔다.

내가 썼던 수도꼭지를 만지는 그의 손은 마치 쓰레기를 맨손으로 줍는 것과 같이 조심스러웠고, 그의 얼굴은 수돗물을 마시며 지었던 나의 표정을 뛰어넘어 불쾌함을 드러내고 있었다.

그 일로 인해 나는 나의 상황을 인정해버렸다.

다시 거울을 봤을 때 내 모습은, 노숙인이 분명했다.

머릿속을 헤매고 있는 모든 것들을 무시하기로 했다.

주어진 상황에서 과거를 느끼고 현재를 잘 다스리다가 언젠가 때가되면 장작을 태워버리겠다는 결심을 하고 다시 광장으로 나갔다.

계단 아래쪽을 보니 군데군데 선배 노숙인들이 자리를 잡고 누워있는 모습이 보였고 범위를 넓혀 더 아래쪽을 보니 종교단체의 행사무대 쪽 자리가 그나마 한산해 보였다.

익숙한 찬송가 소리가 들리는 것으로 보아 기독교와 관계된 어느 단체인 듯했다. 조금 시끄럽긴 했지만 햇빛도 적당히 가려지고 사람들의 시선도 덜 받게 되는 괜찮은 자리였다.

이미 주인이 있는 자리일 수 도 있겠다는 생각도 들었지만 일단은 좀 쉬고 싶은 마음이 더 컸기 때문에 재빨리 다가가 여행가방을 열어 얇은 담요를 꺼내 바닥에 펴고 바로 누워버렸다.

담요를 깔았어도 딱딱한 바닥은 굉장히 불편했지만 며칠 동안 휴식을 취하고 이곳 생활에 적응이 되는대로 하루빨리 종로에 가보고 싶었기 때문에 사소한 불편함은 신경 쓰지 않았다.

주변에 시끄러운 소리들이 작아지고 커짐으로 반복되더니 어느 순간부터 아무소리도 들리지 않고 조용해지며 숙면을 취하기 시작했다.

얼마동안 준석이의 집 앞 공원을 돌며 운동을 한 덕에 안국동사거리에서 출발해 서울역까지 큰 여행가방을 끌고도 무사히 도착할 수 있었지만 정상적이지 못한 내 몸에게 부담스러운 여정이 된 것은 사실이었다. 노숙을 시작한 첫 날 첫 잠을 그렇게 편안하고 깊게 이루게 될 줄은 몰랐다.

딱딱한 바닥 때문에 허리가 뻐근해서 자는 중간에 세, 네 번 정도 자세를 바꿨고 마지막으로 취한 자세로 가장 편하고 길게 잠을 즐기고 있던 중, 다리 한 쪽이 무언가에 의해 툭툭 차이고 있는 느낌에 눈을 떴다.

흐릿한 시야에 두, 세 명의 남자들이 들어와 있었다.

"아저씨 뭐여! 이 자리 누가 쓰래?"

예상했던 일이었지만 무방비상태로 맞게 되니 당황스러
웠다.
일단 상체를 일으켜 앉았다.

"여기 처음왔어? 모르면 물어보든가해야지. 왜 남
의 자리에서 맘대로 이러고 있는 거여?"

심하게 풍기는 술 냄새와 옷차림새를 보니 다들 그런 생
활을 한지 한참 오래 된 것 같았다.
이런 곳일수록 강하게 받아치며 밀고 나가야 살아남을 수
있겠다는 생각이 들었다.

"이런 곳에도 자기자리가 따로 있습니까?"

내 말이 끝나자마자 그들은 어이가 없다는 표정으로 내

옷을 잡아끌어 강제로 일으켜 세웠다.

순간적으로 아주 잠깐 심장이 쪼그라들 뻔했지만 난 더 이상 잃을 것도 없고 갈 곳도 없으며 더 이상 어떤 존재나 상황에 의해 휩쓸리고 싶지 않았다.

나를 잡고 있는 손을 강하게 쳐냈다.

억울한 인생의 모든 감정을 그들에게 쏟아 부을 작정이었다.

"놓고 말 합시다 놓고."

"에헤? 이 새끼봐라?"

"저~ 안쪽으로 끌고 가죠 뭐. 가서 정신을 똑바로 박아놔야겠구먼. 초장부터 잡아놔야되는거여 이런 초짜는.."

"그럴까그럼? 저기요, 인생에 땜빵있는 사람들끼리 저쪽가서 얘기 좀 해보자구. 여기서 소리질러대 봤자 서로 안좋은 거여~ 우리 손붙잡고! 어? 그치? 사이좋게 가자구!"

그들이 다시 내 옷을 잡고 끌어당기기 시작했다.

"이거 안놔? 놔이거! 놔!"

"일단 가서 얘기 좀 하자니까 그러네?"

"잘 잡아, 꽉 잡아! 가자!"

서울역으로 들어가려는 시민들과 주위에 누워있는 다른 노숙인들의 시선이 집중됐다.

그들의 손을 뿌리치려 저항을 해봤지만 그곳에서는 상황이 절대로 정리되지 않을 것 같아 결국 사람의 발길이 잘 닿지 않는 서울역 구 역사 옆쪽까지 순순히 끌려갔다.

"어이 아저씨, 개념이 없네. 여기서 지내는 양반들이 얼마나 많은데.. 다들 지맘대로 지내면 여기서 얼마나 살 수 있겠냐~ 이말이여. 어? 당신이나 우리나 세상이 맘에 안들고~ 나라가 맘에 안들고~ 사람이.. 어? 사람이 맘에 안들어서 온거 아니여? 맞잖어?"

"에이~ 이제 막 갓난 친구한테 그런말 길게 할 것도 없구요. 못살어, 절대 못살어. 바깥생활 처음 하는것 같은데 이런데 오지 말고 어디 다른 데로 가던가. 여긴 꽉 찼어, 꽉 찼어. 담배전쟁이여 담배전쟁. 누울 자리 전쟁이고.. 돈 있어? 없잖아. 꽁초 주워논거 있어? 꽁초. 없어? 꽁초?"

그들은 내 입이 벌어질 틈도 주지 않고 자기네들이 하고 싶은 말만 쏟아내며 몰아붙였다.

조용히 혼자 지내며 가끔 종로에 들러 과거를 느끼고 언젠가 마지막을 준비할 때를 기다리고자했고, 거처를 종로가 아닌 그곳으로 정한 것은 완전히 과거에 빠져버릴 것 같은 두려움에서 벗어나기 위함이었다. 그 결정을 번복하고 싶지 않았다. 절대로 그곳이 아닌 다른 곳으로 거처를 옮기고 싶지 않았다.

그들은 계속해서 나를 시선 아래로 눌러 내리려했고 나는 절대 굽히지 않았다. 잡히고 뿌리치고 잡히고 뿌리치기를 반복하며 상황은 점점 격해졌다.

그때, 다른 누군가의 목소리가 들렸다.

"야이 썹새끼들아!"

나를 잡고 있던 이들의 시선과 나의 시선이 목소리가 들리는 쪽으로 향했다. 그곳에는 인상이 남부럽지 않게 굉장히 센 두 남자가 서있었다.

한 사람은 키가 매우 크고 체격이 좋은 편이었고,

다른 한 사람은 나보다 작은 체구였다.

긴 머리와 더러운 수염, 옷차림을 봐서는 그들도 노숙생활을 하고 있음을 단번에 알 수 있었다.

그들이 점점 가까이 다가왔고 덩치가 큰 남자가 소리쳤다.

"씨발새끼들이, 이게 무슨 양아치같은 짓들이야!!
야! 너 지난번 그 새끼 맞지?"

나를 잡고 있던 이들 중 한 사람을 지목했다.

"맞지? 그 새끼. 야! 내가 조용히 지내라고 했잖아.
어?"

두 사람이 점점 다가오자 나를 둘러싸고 있던 이들이 짜증스러운 표정을 내비치며 대답했다.

"또 피곤하게 그러네. 좀 넘어가지 또 와서 이렇게
방해를 하고 그러는거여 또?"
"씨벌. 갑시다. 저 양반이랑 부딪히면 골치아퍼."

술 냄새를 풍기던 이들이 두 사람과 치열한 눈빛을 주고
받으며 반대편 광장 쪽으로 빠져나갔다.
나는 반쯤 벗겨진 겉옷을 정리하며 두 사람에게 다가갔다.

"고맙습니다."
"참.. 이 나이 먹고 다들 뭐하는 건지.. 괜찮으세요?"
"예. 괜찮습니다. 감사합니다."

덩치가 큰 남자는 곧바로 나를 이끌고 자신들의 자리로
안내했고, 옆에 체구가 작은 남자는 아무런 말이 없다가
자리에 도착하자마자 작은 병에 담긴 시원한 물을 나에게
건네주었다.

"잘 마셨습니다. 고맙습니다. 어쩌다보니 오늘부터
여기서 생활하게 됐는데 정신이 없네요. 처음부터

두 분께 신세졌습니다. 저는 박인호라고 합니다. 스물. 아, 육십넷됐습니다."

"저보다도 형님이시네요. 저는 손길수라고 합니다. 올해 예순이고 여기 온지 이제 일년 조금 넘어가네요. 조그만한 사업을 하나 하다가 엎어지는 바람에 지금까지 이러고 있습니다. 나이도 이런데 희망이 뭐가 있겠어요 이러다 뒈지는거지.."

"즈즈즈..저는.. 나..남형만이구요. 워..원래 집이 없었어요 태어날 때 부터요.. 부모도 없었고요. 이것저것하면서 마..마..막 살다보니 이러고 있네요.. 아! 전 쉰 네네..넷입니다."

그들에게 나를 소개하며 말했던 '예순넷'이라는 나이가 어색한 만큼 예순, 그리고 쉰 넷의 나이인 그들이 나에게 말을 높이며 윗사람 대접을 하는 것 또한 불편하고 어색하게 느껴졌다.

"바..바닥에 이거.. 바..박스 좀 깔고 앉으세요."

나보다 열 살 아래인 '남형만'은 말을 조금씩 더듬었다.

가족도 없이 평생 이런 생활을 했다는 그의 불편하지만 차분한 말을 듣다보니 갑자기 심장박동 속도가 일정하지 않게 요동치기 시작했다.

시작부터 따뜻함을 모른 채 현재까지 차가움 속에 빠져있는 그의 인생. 그리고 따뜻함 속에서 시작했지만 그곳에서 튕겨져 나와 차가움 속에 빠져버린 나의 인생.

두 가지의 인생을 비교한다는 것 자체가 이미 불행 중에 있다는 증거이며 경험해보지 못한 타인의 인생에 대한 곡해이겠지만 내가 갖고 있는 상처의 정도를 파악하는 방법으로는 적당했다.

'남형만'에게는 절대로 하지 못할 말이지만 두 인생을 눈앞에 놓고 한쪽을 선택한다면, 나의 인생이 놓인 방향은 절대로 쳐다보지도 않을 것이다.

그는 처음부터 잃을 것이 없었지만 나는 잃은 것이 너무 많다.

　　"아니 근데, 아무것도 없이 그렇게 오신겁니까? 뭐
　　　라도 좀 준비를 하셔야 할 텐데요."

"아! 가방!"

텃세를 부리던 이들의 예상치 못한 공격을 버텨내는데 정신을 쏟는 바람에 여행가방을 잊고 있었다.

"가방이 있어요? 어디에 두셨길래?"

"아까 그.. 찬송가.. 교회사람들 있던데가 어느쪽이죠?"

"계..계..계단 밑..밑에요?"

"아, 거기? 거기다가 두셨어요?"

"예, 계단 아래에 거기 맞아요. 맞아."

"빨리 가보죠 그럼."

두 사람을 따라 가방을 두고 온 장소로 이동했다.

다시 넓게 트인 광장으로 나와 보니 그곳에는 아직도 찬송가 소리가 울려 퍼지고 있었다.

두 사람을 앞질러 계단 아래 내가 누웠던 위치를 확인했다.

"보여요? 있습니까?"

여행가방이 다행히 그 자리에 그대로 있었다.

    "아, 네. 있네요. 있어요."

정말 다행이었다. 나에게 시비를 걸었던 이들이 가방을
뒤지거나 가져가버렸을 수도 있겠다는 걱정을 했지만 가
방 속 내용물은 물론이고 내가 기억하는 가방의 위치까지
그대로였다.
'손길수'와의 충돌을 최대한 피하겠다는 그들의 의지가
담긴 결과인 듯했다.
자리에 깔아두었던 담요까지 챙겨 두 사람의 보금자리로
향했다.

    "즈..제..제가 들게요."
    "아니에요. 괜찮아요 괜찮아. 혼자 끌고 갈수 있어요."
    "계..계단이 있..있어서요."
    "아, 그럼 저 위까지만 도와주세요. 고맙습니다."

그들의 보금자리가 가까워질수록 느껴지는 안도감은 그

깊이를 뛰어넘어 순간적으로나마 평안함으로 이어졌다.

그날 노숙을 시작하며 겪은 딱딱하고 차가운 바닥과도 같은 일들을 나보다 먼저 겪으며 외로이 필사적으로 마련했을 두 사람의 보금자리는 신께서 내게만 주신 특혜였다.

오늘 경찰의 첫번째 받은 예상했던 만큼은 위기밤느 추위로 의
심취는 나의 자세를 더욱 움츠기게 했다.
나를 지키친 모든 이들은 새로운 봄을 기대하며 반갑게 맞아
지나간 수밤은 꿈의 모습을 있고 있는것 같았다.
아들에게는 아픔과 기쁨과 재움이 지나고 길이 옮지만,
1982년의 봄에 이세 준하로 2017년의 추
요가 할말고 있다.

노숙생활의 첫 번째 밤은 예상했던 만큼을 뛰어넘는 추위로 인해 노숙에 임하는 나의자세를 더욱 움츠리게 했다.

나를 제외한 모든 이들은 새로운 봄을 기대하며 반갑게 맞이하고 있었지만 지나간 수많은 봄의 모습을 잊고 있는 것 같았다.

모든 이들에게는 여름과 가을과 겨울이 지나고 봄이 왔지만, 나에게는 1982년의 봄에 이어서 곧바로 2017년의 추운 봄이 왔다.

나는 그 누구보다 2월에 대해 잘 알고 있었다.

하지만 2월의 새벽은 아직 춥다는 것을 몰랐다.

밤이 지나고 새벽이 지나는 동안 가방을 열고 닫으며 최대한 껴입을 수 있는 만큼 껴입고 덮을 수 있는 만큼 덮었지만 몸이 떨리는 것은 멈출 수 가 없었다. 지난 하루의 고단함 덕분에 겨우 잠이 들었고 손과 발이 너무 시려 다시 깼을 때는 하늘이 점점 파랗게 변하고 이곳저곳 움직이는 이들이 꽤 보였다.

다시 잠들 가능성은 희박했고, 차가운 손과 발을 주무르며 아침을 맞을 준비를 했다.

겨울을 버텨낸 이들이라 그런지 굉장히 평온한 얼굴과 자

세로 잠을 즐기고 있던 두 사람도 몸을 뒤척이며 잠에서
깨고 있었다.

“아이고 형님. 일어나셨네요..”

“네.. 아.. 너무 춥네요.”

“아직 새벽엔 많이 춥죠? 그래도 이정도면 따뜻한
건데.. 아이고 어떡해요? 계속 못 주무신 겁니까?”

“아니요. 자긴 잤어요. 조금요..”

“처음이라 더 힘드셨겠네.. 야, 형만아. 형만아! 일어
나야지!”

“..에..에? 아.. 네..”

“그래. 세수 한번 하고 오자. 형님, 화장실 한번 갔
다가 식사하러 가시죠? 밥 먹을 수 있는 곳이 있
어요. 무료급식이요.”

“음.. 식사는.. 난 아침은 됐어요. 가봐야 할 데가 있
어서요.”

꼭 가봐야 할 곳이 있었다.

준석이의 집을 벗어나 서울역으로 오는 길을 정할 때,

보신각을 지나는 길을 선택하지 않았던 이유는 사실 한가지였다.

내가 살던 동네와 조금이나마 거리를 두고 이동하려는 의도였다.

내 모든 것을 두고 온 그 동네에 가보고 싶은 마음이 간절했지만 그날엔 서울역에 거처를 마련하는 것이 더 시급했기에 감정을 누르려 몸을 멀게 했었고, 다행스럽게도 좋은 사람들을 만나 좋은 자리를 마련하게 되어 예상보다 빨리 그곳에 가볼 수 있게 되었다.

준석이의 집에서 챙겨 나온 지폐 몇 장을 꺼내들고 두 사람에게 가방을 맡겼다.

걸어서 갈 생각을 했었지만 잠을 제대로 못 잔 탓에 몸 상태가 말이 아니었고, 다른 방법을 생각하다가 지하철을 선택했다.

많은 사람들의 뒤를 따라 에스컬레이터를 타고 내려가 이리저리 눈치를 보다가 티켓발매기 앞에 서서 최대한 자연스럽게 도전을 시작했다. 뭐가 이리 복잡한지 몇 번을 눌러보아도 이해가 되질 않아서 어쩔 수 없이 대학생으로 보이는 여자에게 도움을 청했다.

그녀는 나를 위아래로 한번 훑어보더니 한 발자국 물러나서 팔을 쭉 뻗어 버튼위에 손을 올렸다.

　　"종로 5가요?"
　　"예.."

어떻게 하는지 기억해두려 최대한 집중해서 화면을 보고 있었지만 그녀의 손은 나의 눈보다 빨랐다.

　　"여기에 티켓 나오구요, 밑에서 거스름돈 나오면
　　가져가세요."
　　"아, 예. 감사합니다."

그녀의 친절함을 충분히 느낄 수 있었지만 가려지지 않는 거리감 또한 충분히 느낄 수 있었다. 그런 모습에 오히려 괜히 미안한 마음까지 들며 가슴 한 편이 먹먹해졌지만 이 세상을 떠나기 전까지는 수 없이 많이 겪어야 할 일이라 여기며 태연히 티켓과 거스름돈을 챙겼다.
종로로 가기 위해 1호선 방향으로 걷기 시작했다.

걷는 동안 지나는 통로 구석구석에 나와 같은 처지에 있는 노숙인들이 보였다. 각자 어떤 사연이 있기에 저기서 나처럼 딱딱하고 차가운 바닥을 택했을지 알 수 없지만 각자의 사연을 떠나 표정과 자세는 모두 나와 같았다.

과거에 가끔 곳곳에서 노숙인을 볼 때면 나도 같은 처지가 될 것이라고는 상상도 하지 못하고 한심하다는 눈빛을 보낸 적도 있었다. 물론 그런 눈빛을 받을만한 이들도 있겠지만 그들 사이사이에는 딱딱한 바닥에서 벗어나고 싶어도 벗어날 수 있는 여력이 없는 나와 같은 이들도 분명히 있다는 것을 이제야 알게 되었다.

때마침 들어오고 있는 지하철의 운행방향을 확실하게 확인한 뒤 약간의 긴장을 안은 채 탑승했고 십 분정도 지나자 종로5가역에 도착했다.

일단 출구 하나를 골라 무작정 밖으로 나갔다.

35년이 지났기에 거의 모든 건물들이 바뀌었지만 둘러보다보면 뭔가 기억 속 장면과 일치하는 곳을 찾을 수도 있겠다는 생각으로 주위를 열심히 둘러보던 중, 광장시장이 생각났다.

옛 어른들은 동대문시장이라고 불렀고 우리는 광장시장

이 더 입에 잘 붙었었는데 지금은 어떻게 불리고 있을지
도 궁금해졌다.

시장은 찾을 것도 없이 한 눈에 들어왔다.

'광장시장'

광화문을 만났을 때만큼 반가웠다.

한번 들어가 보고 싶었지만 여기 또한 외국인들이 많았고
우리나라사람들도 적당히 섞여서 끼어들 공간이 없이 붐
비고 있었다.

시장구경은 다음으로 미루고 시장을 기준으로 기억을 더
듬어 옛 집을 찾아보기로 했다.

할아버지와 함께 살던 집과 지우의 집은 그리 멀지 않았
기에 둘 중 한곳을 찾으면 금방 목표달성을 할 것이라 생
각했다.

그러나 예상했던 것보다 많은 것이 변했다. 광장시장 입
구 앞에 서있지만 전혀 방향감각이 잡히질 않았다.

고개를 돌려 이정표를 보고 동대문의 위치를 확인했다.

광장시장 입구에서 저쪽 멀지 않은 곳에 있는 동대문을
오른편에 두고 길을 건너면 바로 우리 동네의 시작지점이
있었던 기억이 난 것이다.

횡단보도를 건너 과일가게 옆 골목으로 천천히 들어갔다.
골목 초입에서 봤을 때는 옛 동네의 모습은 거의 사라졌
고 다른 형태의 건물들이 많이 들어서있었지만 골목의 왼
쪽으로 고개를 돌리자 과거의 냄새가 조금씩 나기 시작했다.
그쪽으로 발길을 돌려 좁은 골목으로 들어갔다.

　　"여기다.. 여기야.."

좁은 골목에는 오래되어 보이는 여관들이 양옆으로 나란
히 줄서있었다. 과거.. 아니 그때도 여인숙이 나란히 모여
있었다.
더 깊은 골목으로 들어가면 할아버지와 함께 살았던 우리
집도 여관들처럼 그대로 있을지 긴장이 되기 시작했다.
골목을 따라 들어가면서 갈색 페인트 배경의 나무대문을
찾고 찾던 중 드디어 약 스무 걸음정도 전방에 갈색이 어
렴풋이 보였다.
심장이 뛰는 소리가 크게 느껴지고 다리에 힘이 풀리는
듯한 느낌을 버텨내며 그 앞으로 걸어갔다.
우리집이 확실했다.

팔을 뻗어 눈앞까지 가까워진 대문을 조심스레 만져봤다.

문틈사이로 안쪽을 들여다보니 작은 마당에 널어놓은 빨래, 몇 개의 운동기구, 한쪽 구석에 엎어놓은 건조중인 식기들.

지금도 누군가 살고 있는 듯하나, 할아버지와 함께 살았던 그때 그 분위기는 그대로 남아있었다.

통증이 느껴지는 것만 같은 강한 심장박동에 맞춰 눈물이 뿜어져 나왔다.

나는 35년전 그날 안전하게 무사히 이곳에 도착했어야했고, 얼큰하게 술에 취해 코를 골며 주무시는 할아버지의 얼굴을 옅은 미소로 바라보며 따뜻하게 난로를 켜드렸어야 했다.

다음날 아침에는 시원한 해장국을 만들어 드렸어야했고, 다시 저녁이 되면 할아버지가 해주시는 버섯찌개를 맛있게 먹었어야했다.

사고가 있던 그날 밤부터 우리집엔 우리가 없었다.

눈물과 함께 뿜어져 나올 것 같은 흐느낌을 참으며 다시한번 대문을 어루만지려는 순간, 골목 끝에서 인기척이 들렸다.

괜한 오해를 살 수 도 있기에 재빨리 팔을 내리고 반대방향으로 걷기 시작했다.

눈물을 닦아내며 골목을 빠져나가는 동안 머리와 마음속에는 고통스러운 갈등과 고민이 진행 중이었다.

계획대로 지우의 집을 찾아가볼 것인지 포기할 것인지에 대한 내용이었다.

큰 변화가 없는 이 동네에서 정신을 차리고 집중해서 기억을 더듬어보면 지우의 집도 금방 찾을 수 있을 것 같았고, 그 이후의 상황이 뻔히 보였다.

우리가 없는 우리집에 이어서 지우가 없는 지우의 집을 보기가 겁났다.

하지만 이상하게도 너무 보고 싶었다.

그곳에 가면 지우가 있을 것만 같았다.

내 속이 얼마나 엉망으로 찢어질지가 중요한 것이 아니라, 무덤이 아닌 그곳에서 지우를 만나고 싶었다.

다시 발걸음에 힘을 주기 시작했다.

좁은 골목을 벗어나 대로변으로 나와서 광장시장의 끝 쪽인 종로4가 교차로 쪽으로 걸었다.

이상하게 숨쉬기가 답답하고 다리가 무거워짐을 느꼈다.

교차로가 가까워질 때쯤 사고가 났던 그날이 머릿속에서 꿈틀댔다.

어두운 밤,

횡단보도,

이상하게 소름이 돋는 느낌,

녹색으로 바뀐 신호등,

귀가 찢어질듯 한 경적소리,

몸을 굳게 하는 충돌음.

바로 그 교차로를 건너다가 사고를 당했었다.

잠시 걸음을 멈추고 곤란해진 호흡을 가다듬었다.

입 밖으로 나오는 분노의 작은 신음을 감출 수가 없었다.

머리를 움켜쥐고 마음을 다스리며 다시 다리를 움직였다.

35년이 지난 지금, 다시 그 횡단보도를 건너기 위해 섰다.

나의 젊음을 빼앗아간 곳.

많은 차량이 지나다니고 많은 사람들이 아무렇지 않게 건너다니고 있지만 나는 쉽게 건널 수 가 없었다.

횡단보도 앞에 서있을 때, 옆에서 함께 신호를 기다리는 주위 사람들을 둘러보면 신기하게도 제각각 다른 모습을 볼 수 있다.

횡단이라는 자체를 신경 쓰지 않고 책을 보는 사람,

신호등과 일행을 번갈아보며 대화를 이어나가는 사람,

녹색신호로 바뀔 때까지 신호등에만 집중하는 사람,

무슨 생각을 하는지 초점 없이 멈춰서 있는 사람.

이들 중, 마지막 사람은 아마도 나와 같은 사람일 것이다.

정해 둔 목적지로 향하는 동안 길을 건너야하는 중요한 순간에 가벼운 마음이 아니라 뭔가를 감싸 안고 있다면 그만큼 무거움을 버티고 있는 것이다. 그런 이들의 수많은 사연을 함께 느껴주어야 한다.

녹색신호로 바뀌고 드디어 발을 뗐다.

감정을 누르며 몇 걸음을 움직이다가 횡단보도 한가운데에 잠시 멈춰서고 주위를 둘러봤다.

여러 가지 생각이 들었지만, 그 순간 가장 간절히 바란 것이 있다. 35년전 그날처럼 똑같은 사고가 일어나길 바랐다. 이번엔 제대로 나를 죽여주길 바랐다.

사랑하는 이들의 곁으로 가는 빠른 방법 중의 하나가 될 것 같았다.

하지만, 장작을 태웠던 것만큼 어리석은 그 생각은 녹색

신호가 깜빡거리기 시작하면서 점차 소멸되었다.

주위에서 커지기 시작하는 자동차 엔진 소리와 몸의 끝에서 끝으로 올라오는 소름이 내 어리석은 생각을 바로잡았다.

길을 건넜다.

뒤로 돌아 다시 한번 횡단보도를 바라보는 동안 온몸을 타고 흐르던 소름이 서서히 멈췄다.

다시 마음을 가다듬고 지우의 집을 찾아 나섰다.

지우를 집까지 바래다주기 위해 셀 수 없이 많이 다녔던 길은, 건물의 형태만 달라졌을 뿐 구조는 그대로였다.

횡단보도를 건너자마자 오른쪽으로 걷다가 나오는 세 번째 골목.

그 골목에 지우의 집이 있다.

첫 번째 골목을 지나고 두 번째 골목을 지나고 있을 때, 또 하나의 횡단보도가 보였다.

그때도 그 자리에 횡단보도가 있었다.

길을 건널 수 있는 두 곳의 횡단보도. 항상 지우를 바래다주고 나올 때면 두 곳 중 첫 번째 횡단보도를 더 많이 선택하곤 했다.

하지만 그날 그때는 나도 모르게 첫 번째를 지나 두 번째 횡단보도를 선택해버렸다.

어쩌면 나의 사고는 그런 사소한 선택과 관계없이 훨씬 이전부터 계획된 인생의 사소한 한가지 일에 속할지도 모르겠지만 나는 너무나도 연약한 인간이라 눈앞에 보이는 그날의 선택을 자책할 수밖에 없었다.

다른 선택을 했을 경우에 펼쳐졌을 35년과 현재의 나, 우리를 상상해보려는 욕구가 눈알을 뻐근하게 하고 관자놀이를 눌러댔지만 끝까지 참아내며 걸음을 이어갔다.

드디어 세 번째 골목 입구 앞에 섰다.

골목으로 들어가자마자 오른쪽을 보면 지우의 집이 있다.

아직 그대로 남아있을 것이라는 확실하고도 불안한 예감이 들었다.

그대로이길 바라면서도 차라리 사라져버렸길 바라는 마음이 교차했다.

고개를 숙인 채 골목 안으로 천천히 들어가 몸이 기억하는 걸음의 수만큼 걷다가 익숙한 지점에 멈췄다.

크게 숨을 내쉬며 가슴 속 마음을 부풀렸다.

최대한 부풀린 뒤 아무 것도 드나들지 못하게 꽉 잡으며 용감하게 고개를 돌렸다.

함께 하루를 마감하며 매일같이 들렀던 집.

그 집의 대문이 보였다.

한걸음, 한걸음 가까이 갈수록 현재같은 과거, 과거같은 현재로 돌아가는 느낌이 들었다.

그 순간만큼은 주위사람들의 시선은 문제가 되지 않았다.

그날, 닫히던 대문 사이로 보였던 지우의 모습이 떠올랐다.

사람은 가까이에 있거나 항상 함께 있는 존재에 대해 그 존재감을 어느 순간 잊고 지내곤 한다.

잠시 잊는다고해서 그 마음이 소원해지거나 떠나는 것은 아니다.

나또한 지우의 존재에 대한 사랑이 미지근해진적은 맹세코 없었다. 하지만 자신도 모르는 사이에 그 존재가 당연하다고 느껴진다면 그 마음은 언젠가 본인에게 상처로 돌아올 수 있다는 것이다.

그런 마음이 죄가 아니라 그런 마음을 가볍게 여기는 것이 죄이다.

그날, 문이 닫히고 평소와 다르게 마음속깊이 느껴진 울렁거림과 잠시 머뭇거림, 그리고 지우를 다시 불러내려했던 망설임이 너무나 안타깝게 와 닿았다.

나도 모르는 울렁거림과 머뭇거림, 망설임의 의미를 알아
차리고 당장 뒤돌아 대문을 두드려 지우를 불러냈어야 했다.
그리고 손을 잡아보고 얼굴을 만져봤어야 했다.
그 순간이 마지막이 될 줄 몰랐기에 뒤돌아가지 못하고
그렇게 넘겨버렸다.
당연한 존재는 말그대로 당연한 존재일 뿐 영원한 존재가
아니라는 것을 그땐 몰랐다.

    "지우야.. 지우야.. 너무 보고싶다 우리 지우.."

나와 대문 사이에 지우의 향기가 은은하게 풍겼다.
향기가 너무 과하게 코와 입으로 파고들어 가슴이 답답했다.
친한 친구 집안의 일을 도우려 지방에 내려갔다가 예정보
다 하루 일찍 올라왔던 날, 순대를 사들고 집 앞에 가서 반
갑게 불러냈던 일.
어느 날 대문 밖으로 나오다가 집 근처에 이상한 사람이
돌아다녀 심장이 멈출 뻔 했다는 말에 당장 찾아와 하루
종일 집 주변을 둘러봤던 일.
이후로 하루도 빼놓지 않고 지우의 귀갓길을 지키며 그곳

에서 주고받았던 귀중한 우리의 대화.

내 의지와 상관없이 생생하게 머릿속을 돌고 도는 그것들을 그 자리에서 한꺼번에 감당해낼 수가 없었다.

나도 모르게 뒷걸음질 치며 그 집에서 점점 멀어져 골목의 끝까지 가버렸다.

단호하게 고개를 돌리고 몸을 돌려 골목을 빠져나가고 싶었지만 그 집을 남겨두고 고개를 돌린다는 것은 지우를 그 자리에 혼자 남겨두고 고개를 돌리는 것과 마찬가지였다.

정말 눈을 떼기가 힘들었다.

눈을 떼는 순간 대문이 열리고 지우가 나올 것 같았다.

결국 참지 못하고 몸을 움직여 다시 집 앞으로 다가가 지우의 손과 얼굴대신 대문을 잡고 한참을 서있었다.

대문이 열리는 소리와 닫히는 소리가 번갈아가며 끝없이 들렸다.

그리고 해맑게 웃으며 나를 끌어안았고, 양손으로 두 눈을 가리며 서럽게 울다가 나에게 안겼고, 원망과 화가 담긴 눈빛으로 나를 뜨겁게 노려보다가 천천히 다가와 나에게 안겼다.

그러다가 그 답답한 대문이 끝내 닫혀버렸다.

울렁거림과 머뭇거림, 망설임을 알아차리지 못했던 그때의 나를 찢고 밟으며 용서를 구했다.

서울역으로 돌아가는 동안 확고하게 다짐했다.

예상하지 못한 날, 예상하지 못한 시간에 현실과 가상을 구분하지 못하는 상태로 몸이 굳고 눈을 감는 날까지 악착같이 살아있어야겠다는 다짐이었다.

사랑하는 이들이 이 세상에 두고 간 우리의 향기와 시간과 공간을 충분히 만지고 느끼고 몸에 배게 하여 나중에 그들을 만났을 때 서러움이 아닌 기쁨으로 함께 나눌 것이다.

순간순간 깨어날 분노와 서러움이 우리를 방해하겠지만 그것을 이겨냄이 곧 완전한 치유이다.

그날저녁, 서울역으로 돌아왔다.

사진기는 이들어 결단.시키전 아주 잠시동안 머물 보

그들 빌미틀.가고 했다.

에 멀기서 운인수가 남형만이 바로 기다렸지는 듯

이제 그분네요! 금방 오신즉 알았는데..

. 앉게곧 대니다보니까. 시간이 이렇게 됐네요

..실사.. 바.. 반은요??

비

120

그날 저녁, 서울역으로 돌아왔다.

사랑하는 이들의 곁으로 가기 전 아주 잠시 동안 머물 보금자리라 생각하며 그곳을 받아들이기로 했다.

저 멀리서 손길수와 남형만이 나를 기다렸다는 듯이 반기며 다가왔다.

　　"이제 오셨네요! 금방 오실 줄 알았는데.."

　　"예, 이곳저곳 다니다보니까 시간이 이렇게 됐네요."

　　"시..식사..바..밥은요?"

　　"음.. 아직.."

　　"하루종일 아무것도요? 뭐라도 드셔야겠네."

　　"즈..저..저기로..저기로."

보금자리에 담요를 펴고 남형만의 가방을 중심으로 둘러 앉았다.

　　"꺼내자, 형만아."

가방을 열어 그 속으로 깊이 집어넣고 이리저리 움직이던 남형만의 들뜬 손이 소주 두병과 마른오징어, 새우과자 한 봉지를 차례로 꺼내놓았다.

"이 생활하려면 적게 먹고 버티는 게 적응이 돼
  야 하지만 처음부터 갑자기 줄이면 많이 힘들죠.
  소주는 밤에 자려면 어쩔 수 없이 마셔야 돼요.
  어쩔 수가 없어.."
"그래도 저한테 이런 것 까지 주시고.. 죄송하네요."
"서로 도와야죠. 처음에 적응하기가 얼마나 힘든데요."
"그래요. 고맙습니다."
"비..빈속에 어..어떠..떠실지.."
"괜찮아요, 괜찮아.. 고맙습니다."
"내일은 좀 같이 다니면서 잘 챙겨먹기로 하고,
  일단은 드십시다 형님."
"예.."
"무..물부터..여기."

알싸한 소주 한 잔은 깊고 시원한 숨을 이끌어냈다.
내 몸이 받아들이는 술은 35년만이지만, 더 깊은 속이 받아들이는 술은 아주 가까운 과거였다.

잠시 눈을 감았다 뜨니 세상이 바뀌었지만, 세월과 상관없이 그때의 나와 지금의 나를 이어주는 존재는 말 그대로 존재했다.

광화문, 서울역, 광장시장, 횡단보도, 우리집 그리고 소주.

세상이 투명하지 않아 시끄러웠던 시대는 지금도 여전하고, 각자 개인과 우리의 일들로 울고 웃으며 속을 풀어내는 술자리의 여전함을 보니 과거의 술자리가 그리웠다.

지우는 가끔 우리집으로 놀러와 훌륭한 음식솜씨로 할아버지와 나의 입맛을 돋우었고, 그럴 때 마다 함께 술을 마시며 우리집 저녁식사의 가치를 나누었다. 그때의 술자리가 가장 먼저 떠올랐고 그 다음으로는 친구들과 고교야구 중계방송을 보며 투수의 투구 수만큼 술잔을 채워 마셔댔던 그때의 술자리..

'오빠! 들었어? 프로야구! 확정됐대!'

그 순간, 어느 날 집으로 찾아와 나에게 기쁜 소식을 알리던 지우의 목소리가 들렸다.

내가 좋아할 기쁜 소식을 알리려고 급히 뛰어와 나를 불러내 해맑게 재잘대는 그녀를 보자마자 힘껏 끌어안았었다. 그리고 개막전을 꼭 함께 보기로 약속했었다.

"왜 안 드십니까?"

"아, 아니에요. 잠깐 생각 좀 하느라.."

"오..오..오징어도 드..드세요."

"예.. 그런데 혹시, 요즘 프로야구 하나요?"

"야구요? 야구.. 지금 하고 있나?"

"요번..요..요번 시즌.. 다음달 마..말부터 시작해요."

"아, 그렇지? 시작하면 시간보내기 좋겠네. 역 안에
  들어가서 중계방송보는게 낙이예요. 여기서는.."

"우리나라 프로야구 꽤 오래됐죠? 천구백팔십이년
  부터 시작한거 맞나요?"

"글쎄요. 자세히 기억은 못하는데 대충 그럴걸요?
  팔십년대 초였던 것 같네요."

"아..아마 그럴 거..거예요."

"예.."

"야구는 왜요? 야구 좋아하세요?"

"그냥 갑자기 생각이 나서요. 좋아하기도 하구요."

"저도 엄청나게 좋아해요. 예전엔 집사람이랑 애들
　이랑 같이 야구장도 다녀오고 했었는데.. 오랜만에
　생각나네.. 참.."

"기..길수형, 아까 그..그거."

"응? 아까 뭐.. 아! 맞다!"

남형만이 팔을 뻗어 가방 윗부분을 가리키자 손길수가 손
뼉을 한번 치고는 뭔가를 꺼냈다.

담배 세 개비와 라이터였다.

"담배 태우세요?"

"아.. 예."

"아까 낮에 저기 흡연구역에서 진짜 어렵게 구한
　겁니다."

"부..불 부..붙여드릴게요."

오랜만에 뿜어보는 구름과자의 맛은 묵직하고 씁쓸했다.
1982년 프로야구의 역사적인 순간을 직접 확인하지 못한

것에 대한 아쉬움은 그리 크지 않았다. 다만, 그때를 시작으로 매년마다 진행된 많은 야구경기소식을 접할 때마다 말없이 누워있는 나를 보며 힘들어했을 지우의 모습이 자꾸 그려지는 것이 문제였다.

야구를 좋아하는 내가 단 한경기도 보지 못하고 아무런 반응 없이 누워있는 것을 보며 어떤 마음이 들었을지 상상하기조차 두려웠다.

　

"표정이 계속 안 좋으시네요."

".그런가요?"

"실례일지 모르겠지만 어쩌다 여기로 오게 되신
　건지 여쭤봐도 될까요?"

"아.. 음.. 아직은.. 아직은 저도 마음을 정리할 시간
　이 필요해서요. 조금만 시간이 지나면 말씀드리겠
　습니다. 꼭 말씀드릴게요. 서운하게 생각하지 않으
　셨으면 좋겠네요."

"아이고 아닙니다. 서운하긴요. 그 마음 너무 잘 아
　는데요 뭐. 괜찮습니다. 천천히 하시죠, 천천히."

"예."

"그.. 마.. 말씀 펴..편하게.. 노..놓으세요."

"아, 그러네요. 저희보다 형님이신데 말씀 낮추세
요. 제가 정신이, 정신이 없어서.. 죄송합니다. 너무
늦었네요."

"아니요, 아니요. 그래도 쉽게 말을 놓는 건 좀.."

"괘..괘..괜찮습니다. 노..놓으세요."

아직도 스물아홉으로 살고 있는 입장에서 중년을 넘어선
저들에게 말을 놓는 것은 굉장한 하극상이 아닐 수 없었다.
지금도 그들을 만나면 순간적으로 존대하게 되는 경우가
가끔 있을 정도로 입에 잘 붙지 않는 어려운 일이지만 그
들이 나에게 베푼 것에 대한 감사의 의미로 두 사람의 부
탁을 들어주기로 했다.
나에 대해, 그리고 나의 사연에 대해 아무것도 알지 못하
면서도 자신들의 보금자리를 선뜻 내주는 그들의 마음을
거절할 수가 없었다.

몸속에서 뜨겁게 퍼지는 소주의 기운덕분에 훨씬 수월하
게 밤을 보내고 비교적 개운하게 아침을 만났다.
옆에서 길수와 형만의 움직임이 느껴졌다.

"깨..깨..셨어요?"

"네. 아, 응.."

"일어나셨네. 어떠셨어요? 잘 주무셨어요?"

"어, 괜찮았어. 뭐하는거야?"

"지..짐 싸고 있어요. 바..밥 먹으러 가야죠."

"밥?"

"형님 담요만 챙기면 돼요. 가방을 다 갖고 다녀야
   하거든요. 놓아둘 데가 없어서.."

세수도 하지 않은 채 두 사람을 따라 나섰고,
이십여분 정도를 걸어 근처 어느 공원에 도착했다.
두 세 채의 큰 천막집이 설치되어있고 그 안에서는 무료
급식봉사자들이 바쁘게 움직이고 있었다.
근처에 기거하는 노숙인들이 다 모인 듯 줄이 굉장히 길
게 뻗어있었다.

"아.. 조금 늦었네."

"시..시..십분 정도 느..늦었어요."

"매일 여기서 먹는건가요? 아, 먹는거야? 여기서?"

"매일은 아니구요. 저 반대방향에 복지시설도 있고
몇 군데 급식소가 있긴 한데요, 가끔 여기에 밥차
가 온다고 하면 이쪽으로 와요."

금일의 메뉴를 확인하려 맨 앞을 비집고 다녀온 형만이의
표정이 매우 밝았다.

"가..가..갈비탕, 갈비탕!"

"갈비탕이야? 아이고~ 오늘도 귀한거 주시네. 지난
번에는 뼈다귀해장국이었거든요. 매번 잘들 챙겨
주시네.. 죄송하게.."

아침이라 조금은 썰렁하게 느껴지는 기온이었지만 갈비
탕과 김치를 받아들고 나란히 앉아 첫 한 모금의 국물을
마시던 그 순간은, 솔직히 말하자면 스물아홉의 나를 잊
고 온전히 예순 넷의 나로서만 존재했다.

고기 한 점을 뜯으면서는, 인간이란 정말 무서운 존재란 것을 느꼈다. 사랑하는 이들에게 끝없는 죄인인 내가 이 세상에 혼자 남아 눈앞에 맛있는 음식을 보며 침샘을 작동시키고 맛을 느끼기 위해 턱과 혀를 요란하게 움직이고 있는 자체가 우스웠다.

더 충격적인 것은 그럼에도 불구하고 그릇이 깨끗해 질 때까지 그 음식을 만족스럽게 먹어치웠다는 것이다.

인간의 나약함에 대해 혼자만의 논쟁을 벌이다가 얻어낸 결론은 역시 '나를 위함'이었다.

혼자 남은 이 세상을 살아가는 자세는 이처럼 뻔뻔함으로 무장하는 것 밖에 없었다. 사랑하는 이들을 만나기 위함이 그 이유였다.

"다 드셨죠?"

"어, 정말 잘 먹었다. 많이 먹었어."

"하..한 그릇 정도는 더..더 바..받으셔도 돼요."

"아니야, 배불러. 가지 이제."

"혹시 오늘 어디 다녀오실데 있으세요?"

"아니, 없어. 왜?"

"아, 그럼 한군데 들를 데가 있는데 같이 가시죠?"

"어디?"

"오늘 밤부터 내일 새벽에는 많이 추울거라 그래
서요. 어쩔 수 없이 대책을 좀.. 잠깐이면 돼요."

꽉 찬 배를 감싸 쥐며 자리에서 일어나 다시 두 사람의 뒤
를 따랐다. 공원의 후문으로 나가서 언덕으로 이어지는
어느 동네로 들어갔다. 종로에 우리집과 같이 낮고 작은
집들이 서로의 틈도 없이 빼곡히 이어져 있는 골목을 지나
내리막길로 접어들자마자 아담한 크기의 교회가 보였다.
교회 마당에 들어서자 건물 안에서 우리 세 사람을 발견
한 누군가가 현관 앞으로 나왔다.

"아.. 사정은 알겠는데, 이렇게 매일매일 오시면 저
희도 힘들어 지는거 아시잖아요."

"아니, 우리 이제 안와요 안와. 고향에 내려가려는
데 차비 때문에 그래요. 예?"

"참.. 어제도 드렸는데.."

"여기 새 친구도 같이 데리고 가려고 그래요. 고향에.

형님이야 형님. 나이도 더 많으셔서 쉬셔야해요."

나는 교회를 다니기도 했고 피아노 연습에 대해 많은 도움을 받았었기에 교회와 친근한 나로서는 그 상황이 너무나도 불편했다.

내가 다녔던 교회 목사님께서 집사님들과 나누시는 말씀을 들은 적이 있는데, 교회에 노숙인들이 찾아와 돈을 요구할 때 어느 정도는 도움을 줄 수 있지만 횟수가 잦아지거나 여러 노숙인들이 몰리게 되면 작은 규모의 교회 입장은 매우 곤란하다는 것과, 만약 도움을 주지 못했을 경우 그 이후에 다시 찾아와 해코지를 하는 이들도 있다는 고충에 대한 내용이었다.

그로부터 몇 십년이 지났고 내가 그런 곤란한 상황의 원인이 되어 있었다.

교회관계자는 불편한 표정으로 건물 안으로 들어갔다가 곧 다시 나왔고 우리에게 3만원을 건네주었다.

"저희도 정말 곤란해서 그래요. 대신 저희가 매주 맛있는 거 드리러 가잖아요. 정말 죄송한 말씀이지

만 이렇게 오시는 분들이 하루에 열 명이 넘을 때
도 있어요."

"아이고 감사합니다."

"가가..감사합니다."

"앞으로는 이런 일 없도록 하겠습니다. 이번까지만
신세지겠습니다. 제가 확실하게 약속드릴게요. 가
자, 가방 챙겨."

거듭 고개를 숙여대며 양 손으로 두 사람의 옷자락을 끌
어 나의 얼굴을 붉게 만든 그 상황에서 벗어났다.

"이런 거.. 이런 일은 하지 말자."

"압니다, 형님. 저도 이런 거 너무 싫습니다. 그런데
어쩌겠습니까. 날씨가 추워진다는 애기를 들으면
겁이나요, 겁이.."

"돈을.. 구할 수 있는 방법이.. 아니, 벌 수 있는 방
법이 없어?"

"저희 나이가 몇입니까. 할 수 있는 일이 없어요.
받아주는 데가 없어요. 참. 이럴 때마다 드는 생각이 뭐

냐면, 내가 회사 경영했을 때 나이든 사람들 좀 데려다가 할 일을 만들어 줄 걸.. 그땐 전혀 몰랐습니다. 일을 하고 싶어도 받아주는 데가 없어서 못하는 사람들이 많다는 걸요. 무조건 젊은 사람들만 찾았지.."

"마..마..막일도 구..구하기가 어려워요."

"그래.. 난 잘 모르지만.. 아무리 교회라고해도 저 사람들도 먹고 살아야 하는데.."

"형님 말대로 앞으로는 더 이상 찾아오지 맙시다. 그래, 뭐.. 나도 어느 순간부터 이 생활에 적응이 되니까 변했나 봐요. 굶으면 굶고 추우면 추운대로 사는 게 원래 내 성격인데.."

"그래요, 그래. 이제 우리 어디로 가나?"

"여인숙이요. 여..여인숙."

다시 공원을 지나 서울역 쪽으로 걷다가 길을 건너 좁은 골목으로 들어갔다.

오래 되어 보이는 골목을 지나다가 한쪽 끝을 보니 여인숙 간판이 눈에 들어왔다. 그곳의 골목만큼이나 꽤 오래

되어 보이는 여인숙이었다.

너무 낡아서 굳이 닫아놓을 필요가 없을 것 같은 대문을 열고 들어가니 지금의 내 외모나이와 비슷해 보이는 할머니가 마당에 나와 빨래를 널고 있었다.

대문에서 바라봤을 때 좁은 마당을 중심으로 여섯 개 정도의 방이 양옆과 정면에 둘씩 붙어있었고, 문이 열려있는 오른쪽 끝 방의 크기와 살림살이들을 보니 그곳이 할머니의 방인 듯 했다.

"누님~ 저희 왔습니다~"

"또 왔어? 돈이 어디서 나는거야?"

"아니~ 오늘밤부터 춥대서요. 필사적으로 구했지 돈을.."

"안녕하십니까."

"처음 보는 분이네?"

"즈..즈..저희 시..식구요, 식구."

"그래. 오는 김에 한, 두명 더 데리고 와서 자고 그래. 돈 추가 안 할 거니까."

"지난번 그 방 비어있어요?"

"응, 비었어. 들어가."

"좋다, 좋아. 여기 이만원 받으시고.. 짐만 놓고 나
   갈 겁니다."

그들의 하루 일정은, 내가 상상했던 것보다 바쁘게 진행
되었다.

아침에 일어나 무료급식소에서 식사를 하고 어느 곳에 가
서 돈을 구하고 그날의 밤을 대비하고 나서야 서울역 보
금자리로 돌아가 휴식을 취할 수 있었다.

각자의 가방을 여인숙 방 안에 잘 모셔두고, 숙박비를 내
고 남은 만원 지폐 한 장만 챙겨 보금자리로 돌아갔다.

 서울역 광장에 들어서기 직전부터 들리던 누군가의 연설
소리와 적당히 들리는 박수소리가 점점 가까워졌고, 소리
의 시작지점에는 간이 무대에서 핏대를 세우며 자신의 이
야기에 빠져있는 한 사람과 그 앞에 모여 앉아 시들한 호
응을 하고 있는 노인들이 있었다.

그 사이사이에는 우리와 같은 처지의 노숙인들도 섞여있
었다.

나의 억울하고 서러운 처지에 빠져있느라 현재 우리나라

가 처한 상황에 대해 관심을 갖지 못했으나 긴 잠에서 깬 이후 2017년의 서울을, 대한민국을 잠시나마 느껴보니 준석이의 집에서 스치듯 봤었던 신문기사가 상당히 심각한 내용이었음을 알 수 있었다.

하루하루가 지루하고 무료한 노숙인들에게는 활기 아닌 활기를 줄 수도 있는 집회였지만 내가 봤을 때 그 집회의 분위기는 함부로 어떤 소리를 내기에는 조심스러운 심각성을 띄고 있었다.

나의 처지 이외에 다른 어떤 것을 생각하거나 판단하기엔 너무 이르다고 할 수도 있겠다. 하지만 뭔가 잘못된 냄새를 풍기는 광경임이 틀림없었다.

일단 우리는 그 무리에서 약간 떨어져 뒤쪽에 자리를 잡고 앉았다.

우리와 같은 노숙인들 중에는 연설자의 한마디 한마디에 박수를 치는 이들이 아주 조금 보였고, 나머지 대부분은 비아냥거리며 삿대질을 하고 있었다.

사실 집회의 본질을 떠나서 그 자리 곳곳에 앉아있던 노숙인들에게 집회가 무슨 의미가 있으며 연설이 무슨 의미가 있겠는가.

좋은 세상을 만들겠다는 수많은 정치인들이 올바르게 정치를 했다면 그곳에 있는 노숙인들의 수는 굉장히 많이 줄어들었을 것이다.

물론 나의 상황은 다르지만 최소한 길수와 형만이의 보금자리는 그곳이 아닌 따뜻한 사회와 가족의 품이어야 한다.

"아니 씨부럴, 저거땜에 귀가 울려 아주. 귀청떨어져나가기 전에 가서 엎어버리든가, 내가 여길 뜨던가 해야지. 엠병할."

"냅둬, 냅둬. 어차피 갈 데도 없으면서 말이여.. 술이나 마셔."

"말하는 거 보면 재미는 있어. 아주그냥.. 근데 왜 저쪽놈들이 여기와서 저러느냐구.. 거슬리게 씨발. 다음 주말부터는 종로로 가있어야겠어. 속이나 좀 시원하게.."

"에헤이~ 그러고보니까 저기 뭐여, 그.. 원씨 형님 있잖어? 원씨 형님. 저번주에 그쪽에 있다가 왔다더구만."

"태수형? 가만있어봐라.. 그러고보니까 아침부터 안

보이네?”

“또 종로 갔것지뭐. 여기있으면 열불터져서 못 있겠대
요. 소주값도 없는데 괜히 땡기기만 한다고..”

“우리가! 막아야 하지! 않겠습니까! 태극기를 휘날
려! 촛불을 끕…”

“아이씨.. 시끄러, 시끄러. 지겹다 아주..”

“어이~ 다 마셨어? 벌써? 어제 반병남은거 꺼내자고!”

“반병은 반병이고 씹을게 없네, 씹을게..”

“왜 그려~ 다알어~ 거기 허리춤에 팥빵있잖어~ 왜
이러는 거여.”

“아니, 이거 밤에 씹을거리라고!”

“저녁때 시설가서 밥을 많이 쳐먹으면 될 거 아니여!
꺼내,꺼내.”

“옘병할.. 월요일에 너 일구하러 갔다와 새끼야.”

우리와 가까운 자리에 앉아있던 노숙인들의 대화였다.

세상과 시대와 현장에서 한발짝 떨어져 관전하는 모양새

로 그들만의 스트레스를 풀고 있는 듯 했다.

길수와 형만은 그런 모습들을 익숙하게 받아들이며 편한 자세로 즐기고 있었다.

  "형님, 우리도 이럴 때 술한잔 해야하는거 아닙니까?"

  "어? 아.. 우리는 아껴야지.. 아끼자."

  "우..우리도 가..가방에 남아 이..있어요."

  "그래? 아 맞다. 가방 저 안에 넣어놨지.. 오늘 밤에 따뜻한데서 먹자. 어떻습니까 형님?"

  "그래, 그러자."

  "아~ 어찌됐든 오늘은 오랜만에 따뜻하게 자겠네. 편하게."

집회현장과 그곳에서 뿜어져 나오는 시끄러운 소리, 옆자리 노숙인들의 술자리와 그 안에서 터지는 시원한 대화, 그리고 우리의 짧은 대화가 어우러져 정신이 없었고 잠시 숨을 돌리기 위해 고개를 뒤로 돌려 역 앞 광장에 여기저기 돌아다니는 사람들을 관찰해보았다.

열차 시간이 임박해 급히 뛰어 올라가는 사람,

밝은 표정으로 누군가를 기다리는 사람,

친구들과 모여 어디론가 여행을 떠나는지 각각 가방하나

씩을 들고 담배를 태우는 사람들,

그런 수많은 사람들 사이로 긴장된 표정의 군인이 보였다.

왼팔을 들어 시계를 확인하더니 누군가를 찾는 듯 주위를

두리번거렸다.

몇 걸음 움직여 역 안쪽을 보기도하고 지하에서 올라오는

에스컬레이터 쪽을 보며 집중하는 표정을 짓기도 했다.

그러기를 몇 차례 반복하다가 다시 몸을 움직여 역 쪽으

로 향하던 그가 멈춰서고 양 팔을 크게 벌렸다.

그의 시선이 향한 곳에선 한 여자가 부끄러운 웃음을 지

으며 달려오고 있었다.

서로 아주 가까운 거리였지만, 군인은 여자의 걸음에 맞

춰 마중을 나갔고 곧 애틋한 포옹으로 이어졌다.

내가 너무나도 잘 아는 감정의 포옹이었다.

갑자기 나의 심장이 심하게, 고통스럽게 뛰기 시작했다.

약 40여년전, 군인이었던 시절에 기다리고 기다리던 휴가

를 나오면 그때의 우리도 약속한 장소에서 애틋한 포옹으

로 서로의 안부를 주고받았었다.

아침인사를 하지 못하고, 점심식사를 묻지 못하고, 고단한 하루의 이야기를 나누지 못하고, 밤길을 지켜주지 못하는 답답함을 안은 채 버티고 버티다가 우리만의 시간을 얻어 우리만의 공간에서 익숙하고도 새로운 추억을 쌓기 위해 밖으로 나오던 그날.

그것은 나의 휴가가 아닌 우리의 휴가였다.

얻어내기 쉽지 않았던 그날들을 맞으면, 금방 되돌아올 헤어짐에 대한 걱정을 매순간 누르고 덮으며 서로에게 더욱 집중했다.

그때의 우리가 그랬듯 그날의 그들도 그랬을 것이다.

더 이상 회상하고 상상할 수 없었다.

분노와 서러움이 다시 폭발하기 전에,

완전한 치유를 위해 힘겹게 고개를 돌렸다.

마침 고맙게도 길수가 말을 걸어주었다.

"형님."

"어?"

"여기 너무 시끄러운데 한 바퀴 마실이나 다녀오
십시다. 여기서 술먹는 것도 아니고.."

"어디 뭐 구경할 데가 있나?"

"즈..즈..저기 지..지하도로 가죠."

"그래, 그래. 거기로 가면 되겠네. 가자, 가. 가시죠
　형님."

집회현장을 가로지르고 횡단보도를 건너 남대문방면 지
하도로 들어갔다.

역시 그곳에도 노숙인들을 볼 수 있었다.

몇몇은 종이박스로 잠자리를 만들어 지하도의 양쪽 구석
에 자리를 잡고 누워있었고 지하도의 오른쪽 끝부분에 열
명 정도의 한 무리가 모여 있었다. 뭔가 토론하듯이 웅성
대는 그들에게 다가갔다.

그곳에서는 소주뚜껑과 신문지를 이용해 만든 장기돌과
장기판으로 살 떨리는 내기 한판이 벌어지고 있었다.

장기판 옆에 만원짜리 두 장을 각각 던져놓은 것으로 보
아 굉장히 큰 노름판이 진행 중인 것 같았다.

"야야! 먹혀 인마, 먹힌다니깐!"

"가만있어봐봐~ 아이씨."

"어?! 어?! 그거 쫄이여 쫄. 이 양반아, 뭘 만지는 거여 뭐를?"

"뭐? 아니여! 이게 왜 쫄.."

"혹시 지금 손에 든거, 니 눈알이냐? 뭐를 어디를 보고 하는 거여?"

"떠들지 마봐. 헷갈리니까 썅!"

"내 돈을 생각해, 내 돈을! 정신 똑바로 차리라니까!"

대화를 들어보니 편을 가르고 단체전을 하는 게 분명했다. 길수와 형만이 눈길을 주고받더니 욕심이 생긴 듯 했다.

"형만아, 어떨 것 같니?"

"하..하..할까요?"

"이거.. 깰까?"

숙박비를 내고 남은 만원 한 장을 꺼내보며 고민하는 두 사람을 가만히 보고 있을 수가 없었다.

"길수! 아니야, 하지마. 하지말자."

"좀 그런가요? 지난번엔 제대로 딴 적이 있어서.."

"혹시 모르잖아. 아끼자."

"그래요. 참.. 매번 말하지만 이 나이에 내가 여기
　서.. 참.."

그날 밤은 따뜻한 잠자리가 보장되어 있었지만 앞으로 만
나게 될 예상치 못한 추위와 배고픔을 생각하면 절대 함
부로 쓸 수 없었다.

잠시 뒤, 시끄러운 박수와 탄식소리가 지하도 전체를 가
득 채웠다.

"야!!!!"

"끝났네! 끝났어!"

"첨부터 용길이네가 끌려다녔어. 첨부터."

"아이고~ 구씨! 담배걱정 안 하겠네. 당분간.."

승자 측은 돈을 챙기며 일어나서 개운한 기지개로 승리의
기분을 만끽했고, 패자 측은 그대로 자리에 앉아 화를 참
아내고 있었다.

"야.. 씹.. 하아.. 도대체가.."

"됐어.. 아무소리 하지말어."

"아무소리를 하지말기는 뭘 하지말어! 져도 어떻게 그렇게 지냐? 아니, 그럴 거면 뭐하러 게임을 한거여? 그딴식으로 할거면 그냥 돈을 주지 그랬어! 게임을 하지 말고."

"아! 씨발! 미안하다, 미안해! 됐어! 나 지금 무지하게 열받았으니까 그만둬!"

"너 이새끼, 내 돈 구해다가 가져와. 어느 정도여야지 말이야! 알까기 하는 것도 아니고 이것저것 아무데나 툭툭 얹어놓고 말이지."

"돈 준다고! 씨벌넘아! 준다고!"

"야 새끼야! 지가 육갑떨어놓고 어디서 누구한테 욕 짓거리여!"

"자꾸 까는 소리할래? 너는 내 돈 날린 거 없어? 어?"

"날려도 이 새끼야, 수준있게 날려야지. 그렇게 개지랄도, 지랄도.. 으이고! 씨발!"

"이런 씨빨!"

146

순간, 둔탁한 소리와 함께 한 사람이 턱을 부여잡고 휘청거리다가 다시 중심을 잡고 상대에게 달려들면서 싸움이 시작됐다.

장기알이 바닥에 흩뿌려지고 주위 노숙인들이 뜯어 말렸지만 쉽게 떨어지지 않았다.

지하도를 지나던 시민들이 하나 둘씩 멈춰서고 구석에서 잠을 자고 있던 노숙인들까지 싸움현장으로 몰려들면서 상황이 점점 커졌다.

"형님, 나가시죠 뭐."

"응? 어, 그래."

"가끔 이런 일이 일어납니다. 심심찮게 일어나요."

"어디 좀 조용한데 가서 쉬고 싶네. 좀 앉아야겠어."

"그럴까요? 가만있자, 조용한데가.."

"우..우리 자리로 가..가죠 뭐."

"그렇지? 거기만한 데가 없네, 없어. 아니면 그냥 바로 방으로 갈까요? 가서 씻고 쉬어도 되구요."

"음.. 아니. 벌써 들어가면 답답할 것 같아. 아직 해가 떠있는데.."

"것도 그렇네요. 자~ 그럼 일단 우리 자리로 가십
　　시다~"

예전에 할아버지는 강사장아저씨와 3박4일 낚시여행을
떠나시고, 지우는 부모님과 함께 잠시 시골 친척집에 내
려가게되어 종로에 나 홀로 남아있던 적이 있었다.
물론 종로 바닥에 만날 사람이 아무도 없던 것도 아니고
집 앞 골목을 활기차게 지나다니는 이웃들의 살림소리가
나의 외로움을 달래주긴 했지만 그날은 왠지 주책맞게 우
울했다.
일이 끝나고 나처럼 종로에 남아있었던 준석이를 만나 술
한잔 걸치고 들어와 누워버리면 금세 밤이 지나가겠지만
하필 그 즈음에 공부해야 할 것이 밀려있어서 술자리와
공부를 양쪽에 두고 서서 갈등했었다.
결국 공부를 택해 집으로 갔지만, 갈등의 원인은 공부하
기 싫어서가 아니라 집에 들어가기 싫어서였다.
할아버지가 원양어선을 타신 것도 아니고, 지우가 완전히
이사를 간 것도 아니지만 매일 함께하던 사람들이 당분간
내 곁에 없다는 사실이 답답함과 우울함을 이끌어내며 주

책을 떨게 만든 것이다.

여인숙으로 일찌감치 들어갈지를 묻는 길수의 말에 대답을 잠시 주춤했던 것은 바로 술자리와 공부를 양쪽에 두고 갈등했던 그날이 생각났기 때문이었다.

집에 들어가는 순간 외롭고 보고 싶은 감정이 집안 천장에 가득 떠다니며 나를 괴롭혔던 것처럼, 여인숙 천장에도 뭔가가 있을 것 같았다. 그날 서울역 앞에서 봤던 연인의 포옹이 계속 나의 미간에 달라붙어있다는 증거였다.

예전과 달리 할아버지의 이번 낚시여행은 끝없이 길고, 지우는 내가 함부로 갈 수 없는 곳으로 완전히 이사가버렸다.

　　"저기.. 혹시 어제 태우던 담배 남았나?"

보금자리로 돌아와 벽에 몸을 기대고 숨을 고르니 담배가 생각나 두 사람에게 묻자 형만이가 일어나며 대답했다.

　　"다..다 다 폈어요. 제가 구..구해올게요."
　　"담배 땡기세요? 아, 그럼 만원 남은 거로 담배 한

갑 사두죠. 어떠세요?"

"써도 될지.. 모르겠네. 굳이 살 필요는 없지. 됐어. 그냥 쉬자."

"그러면 남은 돈으로는 오늘 밤에 씹을 거리를 사는 거로다가 하고, 담배는 저기 가서 구해오는게 낫 겠네요."

"아니야, 됐어. 구해올 것까지야.. 앉아, 앉아."

"아이고, 형님. 잠깐만 쉬고 계셔. 금방 갔다 올게요. 담배 얘기 나온 김에 구해둬야지. 안 그럼 있다가 후회해요."

"나땜에 괜히 그럴 거 없어. 밤에 피우고 싶으면 그냥 돈 써버리자. 고생하지 말고.."

"이건 고생도 아닙니다. 빨리 갔다 올게. 우리야 뭐, 이런 거 익숙하니까 괜찮아요. 쉬고 계세요."

"참.. 그러면 적당히 있다가 와. 못 얻어도 그냥 와 도 돼."

"그래요, 그럴게요. 눈 좀 붙이고 계십쇼. 형만아 가자."

정말 정신없이 하루가 지나가고 있었다.

담배를 구하러 간 두 사람을 기다리는 동안 잠시 눈을 감고 휴식을 취하기로 했다. 떠올리기 싫은 생각들이 계속 머리를 두드렸지만 그럴 때 마다 숨을 크게 내쉬고 고개를 흔들며 막아냈다.

어느 정도 시간이 흘렀을까..

떠올리기 싫은 생각들을 열심히 막아내다가 잠이 들었고, 눈을 떠보니 날이 어두워져있었다.

길수와 형만이는 아직 돌아오지 않았다.

　　"뭐야.. 왜 아직도 안온거야 이거.."

시간이 꽤 지난 것 같은데 아직 보이지 않는 두 사람이 걱정되어 흡연구역으로 가볼 생각이었다.

그때, 기지개를 켜고 눈을 비비다가 옆에서 인기척을 느꼈다.

고개를 돌려 약 5미터정도 떨어진 구석을 보니 누군가 나를 등지고 쭈그려 앉아 힘겹게 균형을 잡고 있었다.

다시 눈을 비비고 제대로 초점을 맞춰 그쪽에 집중했다.

날이 어두워진데다가 워낙 구석진 곳이라 더욱 분간하기

힘들었지만 옷차림과 두발상태를 보니 내가 아는 두 사람
은 아니었다.

그 사람은 술에 취해 있는 듯 했다.

도대체 혼자 쭈그리고 앉아 뭘 하는 건지 알고 싶은 욕구
가 점점 불안과 걱정으로 번져서 더 이상 가만히 앉아있
을 수가 없었다.

큰 소리가 나지 않게 조심스레 몸을 움직여 거의 낮은 포
복이라 할 수 있을 정도의 자세로 다가갔다.

한 걸음 한 걸음 가까워질 수 록 형체가 뚜렷해졌고,

옷의 형태와 그 옆에 너덜너덜하게 해진 보따리가 눈에
들어오게 되면서 그 사람이 노숙인임을 알 수 있었다.

그렇다면 그곳에서 뭘 하고 있는 건지 알아내기 위해 한
걸음을 더 내딛는 순간, 익숙하고도 낯선 냄새가 공격적
으로 풍겼다.

심장이 덜컹 내려앉는 동시에 내 시야에 그 사람의 모습
이 아주 정확히 들어왔다.

나의 이야기를 세세히 기록하기 위해 어쩔 수 없이 꺼낸
기억이지만 차마 그 모습을 자세히 설명할 수 는 없다.

그냥 그렇다.

그 노숙인은 그곳에서 대변을 보고 있었다.

나는 곧바로 몸을 일으켜 세우고 무작정 광장 쪽으로 뛰어나갔다.

그 사람이 나를 쫓아오는 것도 아니고 잡아먹는 것도 아니지만 정말 최선을 다해 뛰었다.

얼핏 봤을 땐 우리의 보금자리 앞쪽에 자리를 잡고 노숙을 하는 왜소한 체격의 남자였던 것 같았다.

그런 곳에서 그런 이들과 함께 생활을 하고 있다는 것이 믿기지 않았다. 이전에도 이야기를 했었는지 모르겠지만, 나름대로 평균이상의 정도로 깔끔하다고 말할 수 있는 성격의 나였는데 노숙을 한 다는 자체가 기절할 만한 일이다.

광장의 한 가운데에 멈춰서고 숨을 고르고 있을 때,

길수의 목소리가 들렸다.

　　"저기 나와 계시네? 형님!"

길수와 형만이가 양손 가득 뭔가를 들고 내 앞으로 왔다.

　　"아니 왜 여기 계세요?"

"즈..조..좀 주..주무셨어요?"

"어, 쉬었어. 쉬긴 쉬었어.."

"무슨 일 있으셨어? 표정이.."

"아니야. 무슨 일이 있고 그런 건 아니고.. 근데 어디
갔다 온거야? 담배 구하러 간다더니 왜 이제와?
그건 뭐야?"

"아, 담배는 아~까 금방 구했죠. 구하고 자리에 갔
더니 주무시길래 저기 시설에 가서 식사 좀 받아
왔습니다. 여기 생활은 평일이고 주말이고 그런거
없다고들 하는데, 사실 그렇지가 않아요. 가끔 주말
에 식사하러 가면 줄이 더 길어서 한참 기다려야
돼. 그래서 형님 좀 쉬시게 일부러 안깨우고 가서
미리 줄서있다가 받아왔죠."

"그럼 나땜에 일부러 받아온거잖아? 왜그랬어.. 그냥
깨우지 그랬어. 그랬으면 가서 바로 먹고 왔을텐
데.. 나는 괜찮지만 당신들은 배고팠겠네.."

"괘..괘..괜찮습니다. 이제 머..먹으면 되죠. 바..방에
가서 먹는게 더..더..더 편해요."

"아, 그래그래. 방에 가서 먹으면 되겠구나."

154

"그럼요. 그래서 일부러 받아온 거예요. 그게 더 편하죠. 가는 길에 소주 사서 가십시다. 오늘 아주 제대로 먹겠네. 안주가 좋아서.."

"즈..즈..제.제육볶음 이더라구요."

"그래, 가서 먹자. 고생했어요, 둘다.."

"고생은 뭘요.. 근데 사실 포장은 잘 안해주거든요. 누가 한명이 싸달라고 하면 우르르 몰려드니까. 그래서 사정사정했죠. 있는 얘기 없는 얘기 해가면서요. 허허."

나는 구석에서 목격한 일을 두 사람에게 굳이 말하지 않았다.

그들에겐 이미 익숙한 일중에 하나일 것이 분명했고, 나를 위해 한참을 고생해서 담배와 식사를 마련해 온 정성에 조금이라도 더 집중하고자 했다.

이제 하루를 정리하기 위해 여인숙으로 가는 길.

여인숙 천장에 떠다니고 있을 어두운 감정들을 충분히 이겨낼 수 있는 시간대가 되었다고 판단하며 광장을 벗어나 아래쪽으로 내려가고 있었다.

적지도 않고 많지도 않은 계단을 천천히 내려가던 중,
택시정류장 쪽에서 소란스러운 소리가 들렸다.

"뭔 소리지? 저기 뭐하는 거야? 형님, 저기 뭐하는 건지
보이십니까? 난 눈이 어두워서.. 형만아, 보여?"
"싸..싸우는거 가..같은데요?"
"그러게.. 뭔일이 났나보네. 가보자."
"싸우는거 맞아요? 아이고 그럼 그냥 지나갑시다.
저쪽으로 가서 건넙시다."
"아니, 잠깐만.. 여자 같은데? 도와줘야 할 것 같다
아무래도."
"여자요? 또 누가 시비걸었나? 아이고 참.."

계단을 마저 내려와 소란스러운 현장으로 가보니 한 노숙
인이 택시를 기다리는 여자의 어린 딸아이를 만져보겠다
며 난동을 부리고 있었다. 아이는 겁에 질려 울고 있고 여
자는 노숙인과 딸아이 사이에 서서 몸으로 막으며 주위에
도움을 청하고 있었지만 하필이면 그때 대기 중인 택시기
사도, 승객들도 없는 상황이었다.

나는 상황을 지켜볼 것도 없이 달려가 난동을 부리는 노숙인의 몸을 밀쳐냈다.

"뭐야, 씨발! 나 밀었어? 쳤어?"

잠시 휘청거리던 그가 나에게 달려들었다.

"씨벌놈이 뭔데 날 쳐!"
"왜 어린애를 만지고 그래 아저씨!"
"내가 애새끼를 만지든 때리든 뭔 상관이야!"

여자는 아이를 품에 안고 몇 걸음 물러났고 아이의 울음소리는 점점 커졌다.

"애새끼가.. 아니 애새끼를! 만지고 안 만지고는, 내가 저 여자랑 얘기를 갖다가 해보고! 해보고 그럴 일이 아니라 어른이 말을 하면은! 가만히 말이지.. 어?!!"

제정신이 아닌 것 같은 그의 언행으로 보아 현장에서 근본적인 해결은 불가능하다고 느꼈고, 난동을 부리는 그를 무시한 채 모녀를 안전하게 보내는 것으로 상황을 마무리하기로 했다.

길수와 형만이 그를 막아서고 나는 모녀에게 다가갔다.

　　"아이가 많이 놀랐겠네요. 저희가 막고 있을 테니까
　　　저 뒤쪽으로 가서 택시타세요."
　　"휴.. 정말 고맙습니다.. 어디서 나타났는지 갑자기
　　　툭 튀어나와서 아이한테 손을 대려고.. 어쨌든 정말
　　　감사합니다."
　　"아닙니다, 아닙니다.. 저기 택시오네요."
　　"아, 예. 그럼.."

마침 정류장으로 들어오는 택시를 향해 발을 떼던 아이의 엄마가 다시 뒤돌아 나를 불렀다.

　　"저기, 아저씨.."
　　"예?"

158

"그.. 잠시만요. 저기.."

그녀는 몇 걸음 더 다가오며 가방에서 뭔가를 꺼내고 있었다.

나는 여자의 표정과 목소리의 억양에서 그 의도를 파악할 수 있었다.

"이거.. 제가 지금 현금을.. 뽑아둔 게 이거밖에 없어서요. 이거라도 드릴게요. 식사라도.."

"아.. 아니요, 아니요. 저희가 이런거 바라고 그런…"

"예, 알죠. 아는데 저는 그냥 감사해서.. 밤에는 아직 춥던데 뭐라도 챙겨드시라고.. 혹시 기분 나쁘셨다면 죄송합니다. 전 그냥 감사해서.."

"네, 무슨 말씀인지 잘 알겠습니다. 그런데 그건 안 받을게요. 정말 괜찮습니다."

"그럼.. 예, 알겠습니다. 어쨌든 정말 감사합니다."

"예, 조심히 가세요."

모녀는 바로 택시를 타고 떠났다.

몸을 돌려보니 길수와 형만이 이미 상황을 마무리하고 나를 기다리고 있었다.

두 사람에게 가는 짧은 거리를 걷는 동안 점점 명치가 저려오고 뒷목이 썰렁해졌다. 왠지 기분이 썩 좋지 않았다. 여자의 의도와 상관없이, 그 상황 자체가 찝찝했다.

고맙다는 인사 그 위에다가 연민과 동정을 얹었는지, 연민과 동정 그 위에다가 고맙다는 인사를 얹었는지 알 방법은 없다. 그러나 차라리 깨끗하게, 둘 중 한 가지만 주는 것이 훨씬 낫다.

뜨겁거나 차가운 것, 둘 중 하나를 주는 것이 훨씬 낫다.

물론 이것은 어디까지나 나의 입장이다.

길수와 형만이었다면 어떻게 반응했을지 모르겠으나 그 일을 통해 확실히 알게 된 것은, 나는 아직 노숙인이 덜됐다는 것.

결국, 받아들이기 나름이다.

　　"이고 지긋지긋해. 조용히 살 수가 없네, 없어. 애는 괜찮대요?"

　　"어, 괜찮아보이더라. 가자 이제."

"으..으..음식이요."

"아 맞다. 놓고갈뻔했네. 제일 중요한거를."

"같이 들자. 나눠서."

"저랑 형만이랑 들면 돼요. 저기가서 소주 살거니까
  그거만 좀 들어주십쇼."

"그래, 빨리 가서 쉬자."

길 건너 편의점에서 소주 몇 병을 사들고 드디어 여인숙
에 도착했다. 일단 음식과 소주를 방에 넣어두고 모두 마
당으로 나와 속옷을 빨고 손과 발을 씻었다. 각자 여분의
속옷이 있지만 마땅한 기회가 주어졌을 때 세탁을 해두어
야 했다. 평소에는 근처 공원 화장실이나 복지시설에서
하는 경우가 대부분이지만 남들 눈치 보지 않고 편하게
할 수 있는 기회는 많지 않다.

길수와 형만이가 나와 정말 잘 맞는 부분 중 하나는 일반
적인 노숙인의 이미지와 다르게 청결함을 중요시한다는
점이었다.

어쩔 수 없이 더러워지는 겉옷이나 가방에는 신경을 쓸
수 없지만 냄새가 날 수 있는 속옷이나 머리는 나름대로

부지런하게 관리했다. 수많은 노숙인들 중, 그 정도로 깔끔을 떠는 두 사람을 만난 것은 정말 감사한 일이었다.

손세탁한 속옷을 빨래걸이에 나란히 걸어두고 방으로 들어갔다.

두 사람이 얻어온 제육볶음을 가운데 놓고 쌀밥은 각자 앞에 한 그릇씩, 김치와 시금치무침이 든 봉지도 한쪽에 먹기 좋게 펼쳐두었다.

"오늘 고생했어요들. 맛나게 먹자."

"시장하셨겠네. 많이 드셔."

"소주도 까.까..깔까요?"

"그래, 까자 까. 형님 괜찮으시죠? 식사 끝나고 하셔? 어떻게 하실래?"

"뭐.. 먹자. 밥이랑 같이."

아침에 교회에서 돈을 얻으며 곤란한 상황의 원인제공자가 되고, 집회를 보며 시대의 아픔을 느끼고,

애인을 기다리는 군인을 보며 나의 휴가가 아닌 우리의 휴가를 떠올렸고, 장기를 가장한 노름판에서 싸움을 하던

이들, 본인만의 자유로운 위치에서 큰 볼일을 보던 어느 노숙인, 연민과 동정을 얹어주던 아이엄마.

그들에게서 노숙인이라는 나의 처지를 실감나게 배웠다.

하루동안 겪은 그 모든 일들이 노숙생활을 유지하게 할지, 아니면 벗어나게 할지 알 수 없었지만 그렇게 하루를 버티고 이겨냈다는 것에 큰 의미가 있었다.

그렇게 하루하루를 보내면 언젠가 반드시 끝이 올 것이라고 진심을 다해 믿었다.

　

"우리 내일부터는 그 자리 말고 다른데로 좀 옮기는게 어때?"

"예? 왜그러셔? 지금 그 자리 괜찮은 자린데.."

"괜찮지.. 괜찮은데.. 솔직히 말하면 우리 앞자리에 그 사람있잖아. 좀 왜소한 사람."

"알죠. 그 양반이 왜요? 뭔일 있었어요?"

"음.. 그런건 아니고, 내가 좀 이 생활이 아직 익숙하지 않다보니까 이것저것 따지게 되네. 냄새도 심한 것 같고.. 그냥 좀 그래. 더 좋은 자리 있는지 한번 찾아보자."

"조.조..좋은 자리는 차..찾으면 있긴 이..있겠죠."

"그래요 뭐.. 있긴 있겠죠. 찾아보십시다 그러면."

"이..이제 곧 날씨가 따..따뜻해져서 오..옮길만한데
 는 많아요."

"그래, 내일 나가면 한번 찾아보자."

"그러고보니까 우리도 그 자리에서 일년 넘게 있
 었네. 아이고~ 옮기고 나면 처음 왔을 때 생각 좀
 나겠는데?"

"그.그..그렇겠네요."

"저희도 처음에는 적응하기 힘들었어요. 지금이야
 냄새도 익숙해지고 신경 쓰이는 것도 없지만 그
 때는 뭐, 아이구~ 그냥 버티는 거지 어떡하겠어요.
 돈은 없지, 일도 안구해지지.. 그나마 저기서 지내
 면 밥 얻어먹을데는 많으니까.. 그래서 서울역에
 저렇게 다들 꾸역꾸역 있는거예요. 주위에 밥먹을
 데가 많아서.."

"여..여기만한데가 없어요 어..없어."

"그렇구만.. 근데 둘은 어떻게 같이 지내게 된건가?"

"아, 저희요? 제가 여기왔을 때 형만이가 지금 그

자리에 먼저 자리를 잡고 있었어요. 아, 그러고보
니까 제 얘기를 제대로 안했네요. 저번에 처음 뵀
을 때 말씀을 드렸었나?"

"간단히 했었지, 간단히.."

"그러면 뭐.. 오랜만에 옛날얘기한번 하죠 뭐. 일단
소주 한잔씩들 하십시다."

"그래그래."

"즈.즈..저 술좀.."

"어, 그래 잔 비었네. 받어.. 형님은 있으신가? 아,
있으시구나."

"응. 마시자."

"크~으. 좋다 좋아. 자, 제 얘기를 좀 하자면요. 지
난번에 말씀드렸겠지마는 쪼그만한 회사를 하나
하고 있었어요. 쪼그만한거.. 제가 원래 사십대 중
반에 저거뭐냐 스탠드있죠? 책상위에 올려놓는거,
불 들어 오는거요. 그거 부품공장에서 공장장으로
있었거든요. 그러다가 마음맞는 사람들이랑 거기
서 나와서 나름대로 관련회사를 만들었어요. 소기
업이죠.. 근데 그중에서 진짜 머리 좋은 친구가 하나

있었거든요.

결과적으로 말하면 그 새끼가 배신때린거예요.
그 새끼가 그 씹새끼가.. 그 새끼랑 같이 개발하
는게 있었는데 그게 진짜 괜찮았거든요. 그 부품
하나로 기존 부품두개를 대신할 수 있는 뭐 그런
거였어요. 오히려 부품원가는 더 낮출 수 있게끔
다 만들어놨거든요. 근데 그걸 거의 막바지에 가
서 다른데 팔아먹은거예요 그새끼가.. 그래가꾸 다
들 그새끼 찾아 죽이겠다고 여기저기 막 알아보는
데, 이미 튀고 없죠. 어디서 찾겠습니까.. 못찾죠.
그새끼를 찾을라고 얼마나 노력을 했냐면요, 진짜
어렵게 얻은 정보였는데 그.. 두곤리라고 있어요.
두곤리.. 거기가 엄청나게 후미진 산동네에요. 근
데 거기에 집 한 채가 있는데 거기에 사는 사람들
한테 뭐 억울한 일이나 복수할 일 같은 거를 의뢰
하면 그 사람들이 다 알아서 잡아다가 고문도 하
고 죽이기도 하고 그런데라고 하더라구요. 거기에
다가 의뢰를 할려구 했었다니까요.. 그래서 어떻게
수소문해가지고 연락도 해보고 찾아가보기도 했

166

는데 안타깝게도 없어졌더라구요. 망했대요. 몇 년 전에 뭔 일이 났었다는 얘기도 있고.. 뭐 어쨌든 그 일로 그동안 투자했던 거 다 날리고, 빚도 갚아야하고.. 셔터내렸죠 뭐. 그 이후에 진짜 이것저것 돈 갚으려고 안 해본일 없이 무작정 아무거나 다 하면서 버텼는데요, 나는 내가 버티면 그만이지만 집사람하고 딸들을 볼 낯이 없더라구요. 공장 그만두고 나와서 사업한다고 할 때부터 아내는 계속 반대했었는데 그걸 무시하고 밀어붙였죠. 회사가 초반에 꽤 빠른 속도로 자리를 잡아가고 그럴 때도 집사람은 불안해하더라구요

계속.. 결국에는 진짜 일이 그렇게 돼버리니까 제가 할 말이 없었죠 뭐. 배신을 당하든 사기를 당하든 다 내 잘못이니까..

그렇게 계속 눈치보면서 일구하러 다니면서 지내고 있는데 어느날 집사람이 참다못해 터졌는지 그동안 못했던 말들 다 뱉어놓더라구요. 저는 또 자존심도 상하고 억울하기도 하고 그래서 크게 한번 싸우고 짐싸서 나왔는데 그 길로 무작정 여기와서

하루하루 버티다보니까.. 참.. 일년이 넘었네요. 훨씬 넘었어.. 지금도 가끔 한번씩 다시 돌아가고 싶은 마음이 생기고 하는데.. 글쎄요, 모르겠네요. 너무 멀리 온 것 같기도 하고.. 딸들 보기 겁도 나고.. 뭐, 그렇습니다. 짧게 한다는 게 너무 길어졌네요 말이.."

"참.. 뭐라고 말을 해야 할지 모르겠네. 딸들 생각 많이 나겠네."

"그렇죠 뭐. 집사람한테도 너무 미안하고.."

"그럼 길수가 그렇게 서울역에 처음 왔을 때 지금 우리 그 자리에서 지내고 있던 형만이를 만난거?"

"예예. 처음엔 아무것도 모르니까 일단 적당한데 찾아서 앉아있었죠. 근데 형만이가 슬금슬금 오더니 자기자리라고 하더라구요."

"흐흐흐. 마..마..맞아요. 그..그랬었죠."

"그런데 저한테 비키라고 하는 게 아니라 같이 쓰자고 하더라구요. 자기도 심심했다구요."

"사..사..사실 정해진 자리라는건 어..없죠. 가..각자 알아서 가..같이 쓰는 거지."

"아무튼 그래서 그때부터 지금까지 쭉 지내고 있
　네요."

"형만이는 언제부터 거기서지내고 있던거야?"

"저..저는 부모 어..없이 보..보육원에서 계속 컸어
　요. 말도 이..이렇게 더듬고 성격도 내..내성적이라
　친구들이랑 어..어울리는게 힘들더라구요. 그래서
　그..그냥 나와버렸어요. 여..열 몇 살때요. 혼자 사는
　게 더..더 편해서요. 처음엔 포..포천으로 가..갔어요.
　포천이요. 거기 하..한참 크게 짓고있던 하..학교가
　있었거든요. 거..거기서 새벽부터 저녁까지 이..일
　하고 밤에는 거..건설회사에서 숙박을 할 수있게
　해..해줬거든요. 자..작은 기숙사요. 거기서 시..십년
　을 넘게 했고 그..그 다음엔 시..신문인쇄소에서 신
　문접어서 부..분류하는 거 며..몇년, 그 다음으로
　마..마지막에 했던건 흐..흥신소요.

　거..거기서 문지기로 이..일했었어요."

"문지기?"

"예. 무..문앞에 서서 들어오는 사람들 화..확인하고
　다..다른 잡일도 하구요. 거기서 마흔 주..중반까지

있었어요. 도..돈 때문에 계속 나..남고 싶었는데 나
이도 이..있고 가끔 무..무시하는 사람들도 있어서
더 이상 할 수 어..없겠더라구요. 그래서 그때부터
바..밖에 나와서 사..살았죠."

"음.. 그럼 형만이는 이 생활한지 엄청 오래됐네."

"살다보니깐 그..금방 이렇게 되..되더라구요."

사람의 감정에는 기준이 없고, 각자에게 과거가 있고, 그
에 따른 아픔도 있다. 누가 더 힘들고 고통스러운가를 따
지는 것은 어리석고 의미 없는 짓이라 할 수 있겠지만 두
사람이 나보다 나은 점은 분명히 있었다.

잃게 되면 절대로 다시는 찾지 못할 것을 하루아침에 잃
어버린 '가',

뭔가를 떨어뜨렸지만 다행히 깨지지 않아 다시 들어 올릴
수 있는 상황 앞에 서있는 '나',

몸에 아무것도 걸치지 않고 손에 든 것도 없이 과일가게
앞에 서있는 '다'

'가,나,다' 저 세 사람의 마음속 감정의 깊이는 아무도 알
수 없기에 그 고통을 말할 수 없다.

하지만 앞으로 벌어질 수 있는 상황을 본다면 각각의 입장을 구분할 수는 있겠다.

'가'는 어떻게 말해야 할지 모르겠으니 일단 두고,

'나'는 일단 그것을 다시 들어올리고 혹시 흠집 난 곳이 있는지 확인한 뒤, 만약 있다면 그것에 대한 조치를 취한다. 그리고 다시는 떨어뜨리지 않게 조심하면 될 것이다. 본인이 만든 일이기에 화낼 필요도 없다.

'다'는 만약 과일가게에 들어가 과일을 사고 싶다면 일단 방향을 돌려 일을 해야 할 것이다. 물론 과일가게 앞에 오기까지 어떤 고난과 역경을 겪었는지 감히 상상할 수 는 없지만 냉정하게 말하자면 그렇다는 것이다. 과일을 훔치거나, 그냥 굶거나, 아니면 돈을 벌어서 당당하게 과일을 사는 것. 선택할 수 있는 것이 적어도 세 가지는 된다.

'나'는 길수, '다'는 형만, 그리고 '가'는 나다.

두 사람에게 저 사실을 알리고 싶었다.

나와 달리 두 사람에게는 뭐라도 할 수 있는 선택권이 있다는 것을 알리고 그들의 변화를 확인하고 싶어졌다.

"길수는 이 생활 언제까지 할거야? 지금까지는 뭐

이렇게 버텨왔어도 가정이 있으니까 다시 생각을
해봐야 하지 않나?"

"하아...그렇죠. 일년이 넘었는데 애들은 어떻게 살
고 있을지 걱정도 되고.. 용기가 안 나네요. 그렇게
포기하고 나와버린 것도 부끄러운 일이고.. 형님
은요? 어쩌다가 여기 오신겁니까? 무슨 일로 이렇
게.. 가정은 있으시죠?"

나의 지난 일들을 말로 설명하기가 겁났지만 호흡을 가다
듬고 천천히 입을 열었다.

"나는.. 음... 1982년 2월부터.. 올해 2월까지의 기억이
없어."

"예? 그게 무슨.. 무슨 말씀이셔?"

할아버지와 지우, 진성빌딩, 종로식당, 공연장, 지우네 집,
횡단보도, 그리고 사고까지 빼놓지 않고 힘겹게 뱉어냈다.
길수와 형만이의 표정이 점점 심각해지는 것을 느꼈지만
나는 이야기를 풀어놓으며 조금이나마 소화가 되는 느낌

을 받았다.

그동안 준석이를 제외하고 나의 과거를 아는 이는 아무도 없었고,

무조건적인 동정과 연민이 아니라 나에 대한 솔직하고 진중한 반응을 본 적도 없었다. 두 사람에게 뭔가 도움이 될 것이라는 기대의 시작이 오히려 나에게 평안함을 주었다. 그리고 그들의 표정에서 드러나는 여러가지 감정들 중에는 분명히 '위로'가 포함되어 있었다.

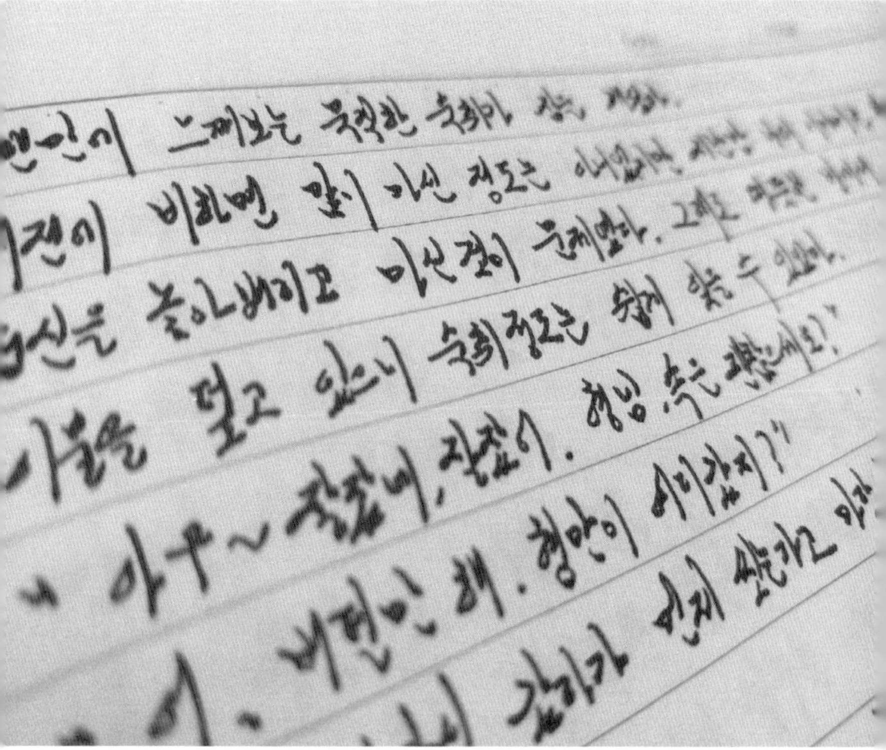

오랜만에 느껴보는 묵직한 숙취가 잠을 깨웠다.

예전에 비하면 많이 마신 정도는 아니었지만 지난밤 나의 이야기를 한 뒤 정신을 놓아버리고 마신 것이 문제였다. 그래도 따뜻한 방에서 제대로 된 이불을 덮고 있으니 숙취 정도는 쉽게 잊을 수 있었다.

　"아우~ 잘잤네, 잘잤어. 형님, 속은 괜찮으세요?"
　"어.. 버틸만 해. 형만이 어디갔지?"
　"아까 화장실 갔다가 먼저 씻는다고 마당에요."
　"우리도 씻어야지."
　"예. 나가서 해장하셔야죠. 일단 화장실 한번씩 갔
　　다가 빨리 씻고 나갑시다."

볼일이 급한 순서대로 화장실을 쓰고 마당 수돗가에서 다 같이 목욕을 시작했다. 다행히 그날 여인숙에는 우리 셋 뿐이었고 눈치 볼 것 없이 편하게 물을 즐겼다.

두 사람은 열흘에 한번 정도 여인숙이나 복지시설에 들러 목욕을 해결하는데, 될 수 있으면 복지시설 보다는 여인숙을 더 자주 찾는다고 했다. 복지시설은 목욕도 가능하고 겨울철에는 숙박도 가능하지만 위생문제와 무시할 수 없는 텃세가 그 이유였다.

나는 운이 좋게도 첫 번째 목욕을 여인숙에서 편안하게 즐겼다.

시원하게 묵은 때를 씻어내고 전날 걸어두었던 빨래를 챙겨 방으로 들어가 속옷과 겉옷을 갈아입었다.

"나갑시다~ 아이고 개운하네. 해장하셔야죠."

"삼.삼..삼십분 정도 남았어요."

"삼십분? 천천히 걸어가면 시간 딱 맞겠네."

"오늘은 어디로가나?"

"오늘은 저기 시설로 가야돼요. 공원에서는 안하는 날이라서요.

여기서 출발하면 공원보다는 좀 멀긴 한데 어쩔 수 없죠 뭐."

"그래, 가보자. 가방 잘들 챙기고.."

목욕으로 인해 몸이 조금은 풀렸지만 확실한 숙취해소를 위해 무료급식소로 향했다. 여인숙에서 복지시설까지는

20분정도 되는 거리였다. 가는 동안 순간순간 숙취가 심하게 올라오기도 했지만 따뜻한 식사로 해장을 하고 어서 보금자리로 가서 쉴 생각을 하며 소주의 향을 꾹 눌렀다.

그날 아침메뉴는 곰탕이었다.

국물부터 거침없이 마시며 뜨끈한 목넘김과 두둑하게 채워지는 위장을 느꼈다.

아무 말 없이 식사에 집중하고 있을 때 길수가 숟가락을 놓으며 조심스럽게 말을 시작했다.

"생각을 좀 해봤는데요.. 한번 가볼까 싶네요. 집
 에.."

나의 서럽고 억울한 인생 이야기가 긍정적인 자극으로 이어진 것이 분명했다.

"무작정 가서 만나기는 좀 그렇구요. 일단은 몰래
 가서 어떻게 사는지 집사람하고 애들 얼굴 한번
 씩만 보고 오는 게 낫겠어요."

"그래.. 일단 그렇게 시작해보자. 마음 약해지기 전

에 하루라도 빨리 가봐."

"말 나온 김에 오늘 가볼까 하는데.. 괜찮으시면 같
    이 가주실래요? 형만이 너도.."

"저..저.저는 좋습니다."

"그게 편할 것 같으면 그렇게 하자."

"그럼.. 흠… 밥 다 먹고 바로 갑시다. 휴.. 뭐, 언젠간
    겪게 될 일.."

길수의 얼굴은 긴장감으로 가득했다.

말을 꺼내며 놓아뒀던 숟가락을 다시 들지 않았고 마치
정신이 빠진 듯 급식소 출입문을 가만히 쳐다보고 있었다.
형만이와 나는 혹여나 길수의 주위를 감싸고 있는 음식냄
새가 그에게 방해가 될 수도 있겠다는 우려를 하며 식사
를 중단하고 자리에서 일어났다.

"왜 벌써 일어나세요? 다 드시지 않구요.."

"숙취 때문에 안 되겠다.. 못 먹겠어."

"나..나가서 바..바람 좀 쐬고 싶네요."

길수도 우리의 말이 끝나자마자 자리에서 일어났고 모두 아무 말 없이 곧바로 보금자리로 향했다.

　　"아, 자리 옮기고 싶다고 하셨잖아요. 어디로 옮길
　　까요? 지금 대충 정해놓고 출발하시죠."
　　"아니야. 다녀와서 하자."
　　"저..적당한 데가 이..있어요. 그동안 추..추워서 못
　　갔는데 이..이제 괜찮을 거예요."
　　"그래? 거기도 좀 조용한가? 아니, 냄새가 좀 덜 나
　　야지. 형님 맘에 드는게 중요하지 뭐.."
　　"어때? 난 그나마 좀 깨끗했으면 하는데.."
　　"거..거기 깨..깨끗해요. 아는 사람이 거..거의 없어서요."
　　"그래. 그럼 미리 가볼 필요는 없겠다. 바로 출발하
　　자 길수야."
　　"예.. 걷기엔 너무 먼데.. 죄송하지만 소주사고 남은
　　돈 좀 써도 되겠습니까?"
　　"당연히 써도 되지. 이럴 때 쓰려고 아껴두는 건데."
　　"감사합니다. 미안하다 형만아.."
　　"아..아.아니에요. 괜찮아요."

"그래그래. 고맙다.. 아, 근데 혹시 모르니까 저는
얼굴이라도 가리고 가는 게 좋겠습니다. 동네에
아는 사람들도 많아서.. 모자같은 거 혹시.. 형만아
너 가방 안에 있었나?"

"예. 자..자.잠시만요."

깃이 높은 외투와 모자로 길수의 얼굴을 최대한 가리고
바로 지하로 내려가 지하철역 티켓발매기 앞에 섰다.

이전에 한 여대생에게 도움을 받을 때 제대로 배워두었어
야 하는데 나의 눈이 너무 느려 아무것도 얻은 것이 없었
기에 발매기 화면에 손을 올리고도 선뜻 누르지 못하는
나를 대신해서 길수가 나섰다. 생각해보니 길수는 1, 2년
전까지만 해도 활발하게 사회생활을 하던 평범한 시민이
었다.

능숙하게 버튼을 눌러 목적지와 인원수를 선택했다.

그리고 지폐와 동전을 차례대로 투입구에 집어넣는 데,

그 순간 손에 힘이 풀렸는지 돈의 절반 이상을 떨어뜨렸다.

돈을 주우려는 길수의 손이 바들바들 떨렸다.

그것은 '가,나,다'중 '나'의 감정 상태를 알 수 있는 순간이

었다.

결국 형만이와 내가 침착하게 주워 티켓발매를 성공적으로 마쳤다.

지하철 안에서도 아무 말 없이 창밖만 보고 있는 길수의 표정을 보니 나까지 덩달아 긴장이 되었다. 마치 내가 지우의 집에 찾아갔던 때의 기분과 아주 묘하게 겹치는 부분이 있을 수도 있겠다는 생각이 들었다.

결국 다섯 정거장 째에 내려 9호선으로 갈아타기 위해 환승통로를 걷고, 다시 지하철을 타고 구반포역에 도착할 동안 우리는 한마디도 하지 못했다.

구반포역 2번출구.

에스컬레이터에서 내리자마자 드디어 길수가 입을 열었다.

　　"아휴… 죽것다. 이제 다 왔습니다. 다 왔어요."

　　"이 근처야?"

　　"예, 저 앞에 아파트. 저깁니다."

　　"그..그.금방 왔네요. 가..가깝네."

　　"그러게말이다.. 한강만 건너면 되는 거리를 그동안 참.."

"그럼 일단 집 앞에 가서 기다리면 되는 건가? 이
　시간에 가족들 어디 있을지 대충 알아?"
"그걸.. 잘 모르겠어요. 기다리는 수밖에요.."
"그래, 기다리지 뭐. 가자."

상가건물을 지나 공원안내 표지판이 붙어있는 아파트 단
지입구로 들어갔다. 단지 안으로 진입하자마자 보이는 공
원 바로 옆 건물이 길수의 가족이 사는 집, 즉 길수의 옛
보금자리이다. 일단은 공원 안으로 들어갔다.

"여기서 좀 숨어있는 게 낫겠습니다."
"혹시 모르니까 모자 벗지 말고 그대로 있어. 어디
　앉을 데 없나? 그냥 여기 가방 깔고 앉을까? 그래
　도 괜찮을 것 같은데.."
"저..저.저기 의자 이..있네요."
"그래, 저기서 기다립시다. 형님 저기 기대서 눈 좀
　붙이셔."
"숙취가 약간 있어서 쉬긴 쉬어야겠어.."

세 명이 나란히 앉으니 남는 공간 없이 딱 알맞았다.

아침에 일어나자마자 화장실 볼일 한번 보고 목욕을 한 뒤 식사도 충분히 하지 못한 채 이동을 해서 그런지 숙취가 완전히 해소되지 못했고 몸에 기운도 없었다.

의자에 앉아서 잠시 고개를 기대며 눈을 감았는데 어느 순간부터 나도 모르게 잠에 슬슬 빠져들고 있었다. 바깥소리와 머릿속소리가 천천히 섞이고 몸이 가벼워지는 과정에서 잠시 길수에게 미안하다는 생각이 들었다. 얼굴까지 가리고 와서 긴장된 표정으로 앉아있는 그를 옆에 두고 숙취와 졸음에서 허우적대고 있는 모습을 감추려 노력하지도 않은 내가 부끄러웠다.

나는 나의 상처가 남들과 비교할 수 없을 만큼 굉장히 넓고 깊다고 생각했다. 그래서 타인의 아픔, 그 정도쯤이야 그 누구보다 진심으로 함께 나눌 수 있다고 믿었지만, 역시 인간은 이기적이다.

결국 꾸역꾸역 잠이 들었다.

아주 잘 자고 있었다.

우리가 잠을 잘 때 꿈을 꾸지 않았다고 느끼는 것은, 꿈을 꾸지 않은 것이 아니라 그 내용을 기억 못 할 정도로 깊은 잠을 잤다는 증거라고 한다.

그날 공원 의자에서 자는 동안 내 모습이 딱 그랬다.

꿈이 기억나지 않음은 당연하고, 코를 골기도 했다는 얘기를 나중에 형만이에게 들었다.

그렇게 어떤 방해도 받지 않고 편안하게 잠에 빠져 있던 나는 목이 뻐근하고 불편해서 자세를 바꾸려다가 눈을 떴다.

잠에서 깨는 순간 뒤늦게 후회하며 주위를 둘러보니 하늘이 점점 붉어지고 있었고 형만이는 공원 구석에서 담배를 피우고 있었다.

고개를 돌려 옆자리를 보니 길수의 모습이 보였다.

모자를 푹 눌러쓰고 허리를 굽혀 힘없이 앉아있는 그의 모습은,

주체할 수 없는 감정과의 처절한 싸움을 충분히 나타내고 있었다.

하늘이 붉어질 동안 홀로 외롭게 싸웠을 그에게 너무나 미안했다.

　　"아.. 미안.. 미안해. 내가 너무 오래 잤다."

　　"깨셨어요? 아니, 괜찮습니다. 저 때문에 아침부터

피곤하셨을 텐데요. 그나마 좀 주무셔서 다행이
죠."

"흠.. 시간이 이정도로 많이 지난줄 몰랐네."

"이제 올 때가 됐네요. 뭐, 이사를 안 갔다면요."

"혀..혀.형님 깨셨네요."

"응, 넌 숙취 좀 풀렸어?"

"저는 괘..괘.괜찮아요."

"형님, 우리도 담배한대씩 태울까요?"

"그래. 한 대 하고 오자."

"형만아, 혹시 반대쪽에서 네 나이 대 여자나 젊은
여자들 보이면 바로 알려줘. 아니, 그냥 여자는 싹
다 알려줘라. 우리 빨리 피우고 올게."

"거..걱정마십쇼."

우리도 형만이가 흡연하던 위치에 서서 담배를 피우며 각
자의 위치에서 서로의 사각지대를 보완했다.

"형님 시장하시겠네. 점심밥 때가 지나버려서.. 저
녁이 다됐네요."

"아니, 별로 생각 없어. 나중에.. 나중에 생각나면
뭐라도 쉽지 뭐."

"휴.. 참.. 긴장되네 이거."

"너무 움츠리지는 마.. 오늘 멀리서나마 한번 보고
나면 훨씬 가벼워지겠지."

"그렇겠죠? 사실 뭐.. 이런 말씀 뭐하지마는.. 형님
에 비하면 저는 암것도 아닌데.. 죄송하네요. 괜히
신경만 쓰이게 해드렸네."

"후.. 나는.. 그래, 나는 만나고 싶어도 못 만나잖아.
보고 싶을 때 볼 수 있다는 게 얼마나... 어쨌든, 그
러니까 옛날 생각 그만하고 앞으로 어떻게 살지
생각해."

"솔직한 얘기로 제가 형님입장이었으면... 뭐.. 쓸데
없는 얘기 안해야겠네요. 감히 뭘 안다고 내가.."

"뭔 말인지 알아. 근데 놔버리면 진짜 끝이야. 잡을
수 있으면 잡아야지. 갈 수 있으면 가면되고.. 후..
나는 그렇게 살려고.. 진짜 끝까지 가봐야지 여기
서 더 억울하게 끝내버리면 그게 진짜 끝이야."

그날 길수와 나눈 대화 속에 '가'에 대한 답이 있었다.

잃게 되면 절대로 다시 찾지 못할 무언가를 어쩌다 잃어버렸다면 그에 따른 대책은 한 가지 밖에 없다.

아주 예전에 지갑을 잃어버린 적이 있다.

언제 어디서 잃어버렸는지도 기억나지 않았다.

이리저리 알아보려했지만 아무런 단서도 나오지 않았다.

어쩔 수 없이 나는 기다려보기로 했다.

기억의 한 조각이 떠오르거나 생각하지도 못한 곳에서 발견하게 될 수 도 있으니 일단 조바심내지 않고 기다렸다.

어차피 할 수 있는 것이 아무것도 없었다.

며칠 뒤, 찾고자하는 마음은 그대로이나 차분히 기다리는 것이 적응되었을 때쯤 누군가 우리집 대문을 두드렸다.

가벼운 마음으로 나가보니 어떤 남자가 서있었고 그의 손엔 나의 지갑이 들려있었다. 어디선가 내 지갑을 주웠고, 지갑 속 주민등록증을 보고 찾아온 것이었다.

결국 난 그렇게 지갑을 찾았다.

지금의 처지와 비교하기엔 무리인 듯하나, 어찌 보면 크게 다르지 않다. 내가 그대로 존재했고 지갑 또한 그대로였기에 가능했다.

세상의 끝이 왔을 때, 혹은 내 인생의 끝이 왔을 때 어떤 일이 펼쳐질지는 아무도 모른다.
'끝까지 버티고 기다리는 것'그게 정답이자 희망이다.

　　"혀..혀.형!! 기..길수형!!"

형만이의 다급한 목소리가 들렸다.
우리는 담배를 밟아 불을 끄고 자세를 낮춰 형만이에게 다가갔다.

　　"저..저기. 저기요."

형만이의 손끝이 가리키는 곳을 보니 세 명의 여자들이 보였다.

　　"맞아? 맞아?"
　　"아... 잠시만요."

여자들은 얼굴을 어느 정도 확인할 수 있을 정도로 점점 가까워졌고, 우리는 의자 옆 미선나무 뒤로 몸을 숨겼다. 오십대 중반쯤으로 보이는 여자가 가운데, 그 양옆으로 젊은 여자 두 명이었다.

"맞네.. 맞아.."

아파트 입구에서 우편물을 확인하는 세 모녀의 표정이 매우 지쳐보였다. 나의 시선에서도 느껴질 정도라면 길수에게는 표정뿐만 아니라 그 이상의 것들까지 더 선명하게 느껴졌을 것이다.

길수는 입을 막으며 울음을 참아내고 있었다.

1년이 조금 지난 세월동안 사람의 모습이 변했으면 얼마나 변했겠냐마는 길수가 없는 날들을 버텨내고 있는 아내와, 꿈을 위해 매진해야할 시기에 그럴 수 없는 상황을 겪고 있는 딸들의 모습은 크게 달라져있었을 것이다.

길수는 아내와 두 딸이 건물 안으로 들어가고 나서야 입을 막고 있던 손을 치우고 소리 내며 속에 있는 모든 것들을 뱉어냈다.

그리고 다시 서울역으로 가는 길, 지하철 9호선을 타고 바로 다음 정거장에 내려서 환승통로를 걸어 4호선을 타고 다섯 정거장 째인 서울역에 도착할 때까지 우리는 아무 말도 없었다.

"형만아, 우리 아직 담배 남아있지?"

이번에도 길수가 먼저 입을 열었다.
서울역에 도착해서 형만이가 알고 있는 괜찮은 위치에 새 로운 보금자리를 마련한 뒤에야 듣게 된 말소리였다.

"추..추.충분합니다."
"하나만 꺼내줘. 형님도 태우시겠습니까?"
"그래, 그러자."
"여..여기요."
"응.. 아, 불은 나한테 있다... 자, 형님 붙여드릴게."
"어."
"자, 형만.. 그냥 갖다 대 인마. 붙여줄게."
"아.. 에에."
"흐~후~ 아이고~ 참.. 맘이 좀 그러네."

"그래도 잘 다녀왔어 오늘.. 잘했어."

"예.. 근데 뭐, 참.. 진짜 미치겠네.. 그 집 전세금도
   올랐을 텐데.. 그 돈을 어디서 구했을라나.. 나땜에
   이사도 못가고.. 뭔 일을 하면서 먹고 사는지.."

"그러니까 들어가. 일년 버텼으면 됐어. 그만해."

"하.. 근데 진짜 쉽지가 않네. 당장 들어가고 싶은데
   그게 쉽지가 않아요. 얼굴한번 보니까 더.."

"당연히 지금 당장 들어가진 못하겠지. 천천히 준
   비해보자. 잘 생각해봐 천천히.."

의식회복 후, 누군가를 부러워한 적이 없었다. 솔직히 말
하자면 부러워할 대상은 많았지만 아무것도 눈에 들어오
지 않았다.

이 세상에서 나 혼자만 피해자라고 생각했기 때문에 남들
의 밝은 상황을 인정하기 싫었다.

하지만 나와 함께하고 있는 두 사람을 보는 시선은 달랐다.

두 사람의 변화된 모습은 내 인생 끝의 모습과 같을 것이
라 믿고 그 과정과 결과를 만들어내고 싶었다.

그날 이후부터 나와 형만이는 길수에게 많은 말을 하지

않았다.

혼자 충분히 생각하고 판단하길 바라며, 혹시 방해될 수 있는 말을 차단하고자 하는 의도였다.

그렇게 며칠이 지나고 새 보금자리가 아늑하게 느껴지기 시작한 어느 날 새벽, 길수가 우리를 급히 깨웠다.

"아침입니다, 아침! 일어나십시다."

"…어? 어.. 왜 벌써.."

"빨리빨리 움직여야 됩니다. 드릴 말씀도 있고.. 야, 형만아."

"에.. 예, 형."

"일어나봐. 너한테 부탁할 것도 있다."

그땐 날이 아직 많이 썰렁한 시기여서 아침이 가까워지는 시간대쯤이면 잠결에 무의식적으로 다른 이의 담요를 끌어당기는 경우가 가끔 있었다. 몸에서 한참 멀어져있는 담요를 끌어당겨 정리하며 상체를 세워 앉는 우리에게 드디어 길수가 반가운 말을 꺼냈다.

"야, 형만아. 너 작년 초가을 이었나 언제 한참 일
자리 구하러 다녔잖냐. 좀 알아둔데 있어? 내가 할
수 있는 게 있으려나?"

"아..그.. 여..여기 바로 옆에 좀 아..아는 소개소가 있
긴 합니다."

"그래? 거기 좀 가보자, 오늘."

"일자리 알아보게?"

"예, 이제 좀 부지런하게 찾아봐야겠습니다. 예전에
여러 군데 가보긴 했는데 매번 튕겼거든요. 나이
도 있고 원체 거긴 사람이 꽉 차있어서요. 그래도
다시 좀 적극적으로 움직여봐야죠."

"드디어 준비를 하는구나."

"저요, 진짜로.. 그동안 진짜로 생각 많이 했습니다.
계속 생각이 왔다갔다하는데 미치겠더라구요. 그
러다가 어제 정신 바짝차리고 결단을 내려야겠다
고 마음먹고 밤 꼴딱 샜습니다, 꼴딱.."

"잘했다, 잘했어. 그래.."

"거.거.거기 아마 요즘도 꽉 차..차있을 거예요. 젊은
애..애들도 많아서.. 일을 자..잘 구해주긴 하는데.."

"그래? 그래도 한번 밀어붙여 봐야지. 가만있자.. 조
  금이라도 활기 넘치게 보여야 될 텐데.. 머리를 좀
  어떻게 했으면 좋겠구만."
"그러게 말이다. 이발을 한번 하긴 해야지. 어디 뭐
  없나? 싸게 할 수 있는데 없을까?"
"이..이.이발 봉사 가끔 오..오긴 하는데.."
"그렇지. 그렇긴 한데 언제 올지 모르니까.."
"음.. 돈 얼마 남았지?"
"이천 유..육백원이요."
"이천 육백? 그럼 가능하겠는데? 내 가방에 몇 장
  남아있을거야."
"예? 아니, 형님. 그러면 제가 너무 죄송해서 안되
  구요. 그냥 저기 광장 끝에 노씨 양반한테 가위
  얻어서 대충 다듬읍시다. 그렇게 해요.."
"야, 돈이야 너가 일해서 벌면 되잖어. 벌면 먹을거나
  사다줘. 그러면 되지. 근처에 이발소 없어? 가자."
"됐어요. 그냥 해본소린데 뭘 그러셔. 머리한번 감
  고 일구하러 가면 되요. 이발한다고 일이 잘 구해
  지는 것도 아닐테고.."

"그래도 한번 깎아봐. 내가 해주고 싶어서 그러니까."

"됐다니까 그러시네. 소개소나 갑시다. 가서 형님이
랑 형만이도 일 좀 구할 수 있음 구하시자구."

"야, 형만아. 여기 이발소 없어? 가까운데에.."

"아니, 왜그러셔? 됐어요."

"저기..저.저쪽 11번 추..출구쪽에…"

"아이고 됐어. 소개소나 가자."

"11번? 그래, 가자."

"나 참.. 형님.."

길수의 의사와 상관없이 형만이를 앞세워 11번 출구 쪽
골목을 찾았다. 그날 아침 우리에게 전달된 길수의 반가
운 결단이 그들을 변화하게 하는 과정과 결과의 시작이
될 것을 확신했기 때문이었다.

11번 출구로 올라와서 큰 건물을 끼고 골목으로 들어가니
작은 슈퍼와 부동산, 세탁소가 나란히 붙어있고 한 블록
정도 안쪽에 굉장히 친근한 분위기의 이발소가 있었다.

종소리가 나는 문을 열고 들어가자 백발의 노인이 우리를
맞아주었다. 칠십이 넘은 듯 보였지만 단정히 빗어 넘긴

머리와 왼팔에 차고 있는 깔끔한 모양새의 시계가 그의 성격을 나타내고 있었다.

"예, 들어와요."

"저.. 머리 좀 깔끔하게 다듬어주십쇼."

"그쪽 한 사람만 깎아요?"

"예.."

"저 두 사람도 해야 되겠는데 왜 혼자만 하나?"

"아.. 저 사람들은 다음에 다시 올겁니다."

형만이와 나는 조용히 대기좌석에 앉아있고, 하얀 앞치마를 두르고 있는 길수의 얼굴은 상기되어 있었다.
백발 이발사의 가위질이 시작되고 점점 짧아지며 단정한 모습을 드러내는 길수의 뒷모습에 나또한 왠지 모르게 기분이 들뜨기 시작했고, 이발이 어느 정도 마무리가 되고 지저분했던 수염을 밀기 위해 하얀 크림을 바른 모습을 보고는 순간 웃음이 새어나와 입을 막았다. 형만이도 나를 따라 숨죽여 웃기 시작했고, 그런 우리를 보며 애써 웃음을 참고 있던 길수가 소리 내어 웃기 시작하자 결국 모두다 터져버렸다.

"왜들 웃는대? 갑자기?"
"아니…큽.. 잠시만요, 어르신.. 죄송합.. 헤헤! 허하허
하!! 아~ 참나.."

어린아이들처럼 킥킥대며 웃어대던 그 순간은 앞으로 내
가 생을 마감할 때까지 절대 잊을 수 없는 명장면이다.
그렇게 웃어본 게 얼마만인지 기억을 되돌려보니 육체 나
이가 이렇게 되고 난 이후로는 전혀 없었고, 내가 처해있
는 잔인하고 처절한 상황에서도 잠시나마 다시 해맑게 웃
을 수 있다는 것에 감사했다.
그것은, 조바심내지 않고 지갑이 돌아오기를 기다리던 때
의 차분한 마음을 현 상황에 그대로 받아들이고 있다는
유쾌한 신호였다.
말끔해진 길수의 모습이 회사를 경영하던 과거의 그를 끄집어
냈고 그 모습에서 나오는 활기는 곧바로 결과로 이어졌다.
형만이를 따라 찾아간 직업소개소에서 길수의 활기를 한
눈에 느낀 소장은 대기 순서를 앞으로 당겨주고, 성실하

게 꾸준히 소개소를 찾았었던 형만을 기억한다며 소개비를 낮춰주겠다는 약속까지 했다. 나와 형만이에게도 일을 주려 했지만 주위에 길게 늘어서있는 대기자들의 따가운 시선 때문에 다음으로 미뤘다.

어쨌든 길수는 그날 그렇게 비교적 짧은 대기 끝에 의미 있는 첫 출근을 했다.

...지 숨은 시간이었지만 친절한 누군가 ...
...하게 버렸다. 하지만 누군가..., ..., 그것은 ...
어려웠다. 혹시나 하는 두려움에 참고 그것 ...
...실짝 풀어봐야겠다는 결정을 내리고 아주 그것이 ...
...만나러 갈 계획을 했다.

...첫마음으로 가끔 읽는 구절 ...

길지 않은 기간이었지만 한동안 분노와 서러움을 막아내고 누르며 훌륭하게 버텼다.

하지만 누군가를 보고 싶은 마음은 오랫동안 참아내기 어려웠다.

혹시나 하는 두려움에 참고 또 참으며 묶어뒀던 그 마음을 살짝 풀어봐야겠다는 결정을 내리고 아주 오랜만에 할아버지와 지우를 만나러 갈 계획을 했다.

나와 형만이도 가끔 일을 구하려 이곳저곳을 다녔지만 나의 육체나이와 약간 어리숙한 형만이의 모습 때문에 허탕을 치는 날이 대부분이었다. 그럴 때마다 길수는 우리를 위로하며 진정한 보금자리로 돌아가기 위한 노력의 열매를 나눠주었다.

그 덕에, 여주로 가는 여러 수단과 경로들 중 가장 편한 방법을 택할 수 있었다.

여주행 버스를 타기위해 터미널로 향하는 그 시점부터, 두려워하며 우려했던 상황이 펼쳐지려고 꿀렁대기 시작했다.

앞으로 계속 버텨낼 수 있을지,

버티기 위해 어떻게 해야 할지,

스스로 마무리 지을 수 없는 이 인생이 얼마나 남아있는 건지, 길수와 형만이의 상황은 좋아질듯 하니 준석이에게서 벗어난 것처럼 혼자 떠나서 다 내려놓고 살아야 할지, 이대로 버티다가 인생의 마지막을 만난다면 과연 그곳에는 내가 바라던 것과 같은 장면이 펼쳐질 것인지.

속이 꽉 조여오고 있었다.

고속버스 안에서는 답답함을 이겨내기 위해 안간힘을 썼다. 일부러 다른 좌석보다 높은 맨 뒷좌석 티켓을 끊었지만 그것으로 해결되지 않았다. 약 1시간20분 동안 여러 모양새로 자세를 바꿔가며 쓸데없는 생각을 버리고 답답함을 이겨내려 몸부림쳤다.

식은땀을 흘려가며 앞좌석에 붙어있는 손잡이를 부여잡은 채 분노와 서러움을 막아내다 보니 어느새 창밖으로 여주터미널이 보였다.

그 순간부터는 목구멍 아래가 서서히 뚫리기 시작하면서 호흡이 편해졌다.

터미널에 내려 대합실 의자에 앉아 잠시 숨을 고르고, 준석이의 차를 타고 그곳에 갔을 때 스쳐지나가며 봤던 동네이름을 기억해내 그곳으로 가는 시내버스로 갈아탔다.

그땐 동네이름을 기억하고 있다는 게 정말 다행스럽다고 생각되었지만 어찌 보면 당연한 일이었다.

준석이와 함께 그곳에 처음 다녀오던 날, 다시 서울로 출발하던 순간 주위에 모든 것을 눈에 담아두려 했었다.

마치 할아버지와 지우를 내가 그곳에 버려두고 오는 것 같아서였다.

시내버스에서 내려 눈에 담아두었던 장면을 꺼내 할아버지와 지우가 있는 산을 찾는데 까지는 십분도 채 걸리지 않았다.

준석이와 힘겹게 오르던 산길도 단숨에 올랐다.

그 상황들이 이전과 다른 이유는, 죽은 이들의 무덤 앞으로 가는 것이 아니라 사랑하는 이들을 만나러 갔기 때문이다.

역시 할아버지 앞에선 입이 잘 벌어지지 않았다. 그간 혹독한 시간을 버텨내며 겪었던 일들을 보고하는 것 외에는 뱉어낼 수 있는 말이 없었고, 할아버지 또한 나에게 하실 말씀이 많지 않은 듯 했다. 하지만 오히려 마음이 차분해짐을 느꼈고, 그것은 훌륭하게 잘 버티고 있는 내 모습에 대한 그의 평가였다.

지우에게 다가갔을 땐 느낌이 달랐다.

닫히는 문 사이로 보이던 마지막 모습과, 헤어짐을 아쉬워하던 목소리가 빈틈없이 이어져 내 얼굴을 중심으로 돌고 돌았다.

언제까지나 큰 존재인 할아버지와 달리, 그곳에서 외롭고 두려움에 떨고 있을 것만 같은 지우에겐 끝없이 할 말이 많았다.

멈춰지지 않는 대화 속에서 고통을 빼고 답답함을 뚫는 방법은 과거에도 그랬듯이 계속 함께하는 것 밖에 없었고, 대문 사이로 하루의 끝인사를 나누며 헤어짐을 아쉬워하던 그 순간을 내 생이 끝날 때 까지 반복하기로 약속했다.

죽음은 인정하지 않되 상황은 확실히 인정하려는 노력이었다.

애초부터 그곳에서 긴 시간을 보낼 생각은 없었다. 아주 짧게 인사를 나누고, 그들이 덮고 있는 이불이라도 몇 번 만져보고 단호하게 돌아 내려올 각오를 이미 출발 전부터 하고 있었다.

하지만 예상했던 시간을 훨씬 뛰어넘었고 날이 어두워지

기 시작해 서둘러 몸을 움직였다.

처음 그곳을 찾았을 때 준석이와 함께 앉았던 바위를 지나고 다행히도 험하지 않은 산길을 나름대로 빠른 속도로 내려오다가 드디어 산의 입구가 시야에 들어왔다.

서울행 버스를 제 시간에 타야한다는 급한 마음만 갖고, 처음에 왔던 길에만 집중하고 있을 때 은은한 담배 냄새와 함께 누군가의 목소리가 들렸다.

"저 위에서 내려오는거 맞지?"

내 육체나이보다 열 살정도 더 많아 보이는 한 노인이 어두운 색의 얇은 작업복차림으로 산길과 차도의 경계지점에서 담배를 태우고 있었다.

"예?"

"저 위에 별거 없을 텐데 어디를 갔다 오는 건가?"

"아.. 그.. 저 위에 묘지..가 있어서요."

"무덤? 그거 주인 없는 거잖아."

"제 가족들입니다."

"가족? 가족이라고? 뭐.. 그래.. 그럴 수 있지."

"에.. 근데 왜 그러십니까?"

"아니.. 뭐.. 아니야. 어쨌든 일단 알겠고, 다음에 또
보게 되면 인사나 하자고.."

노인은 뜬금없는 첫 만남을 뒤로 한 채 차도를 따라 마을
이 있는 쪽으로 걷기 시작했고 나는 잠시 그 뒷모습을 보
며 찝찝함을 안고 있다가 불현듯 버스 출발 시간이 생각
나 다시 다리를 움직였다.

사랑하는 이들과의 만남 그리고 나에게 찝찝함을 안겼던
노인과의 만남을 끝으로 나의 노숙생활의 적응기 또한 마
무리되었다.

물론 적응기, 그리고 이후 펼쳐진 노숙생활이 길었다고
말할 수 는 없지만 내가 처한 상황의 커다란 심각성과 비
교하자면 결코 짧다고 말할 수도 없는 기간이었다.

그 이후로 내가 느끼는 서울역 광장은, 바뀐 계절만큼이
나 따뜻하고 활기가 더해졌다. 그 활기를 직접 몰고 다니
는 이는 길수였다.

당장이라도 아내와 딸들이 있는 집으로 달려가고 싶지만 본인이 목표해 둔 것을 어느 정도 이뤄내, 회사를 이끌어 가던 강단 있는 모습으로 가족 앞에 서겠다는 각오로 성실하게 일을 견뎌냈다.

그리고 결국은 그 목표를, 최종 목표를 위한 작은 목표를 이뤄냈고 곧 진정한 보금자리로 돌아갈 단계를 앞두고 있었다.

이발소에서 예전의 모습을 되찾은 길수를 보며 웃음이 터졌던 것처럼, 목표달성을 앞두고 당당한 모습으로 거울을 보는 그의 모습은 우리의 병약한 노숙생활에 약이 되었다.

"오늘은 하루만 좀 쉬지 그래. 너도 나이가 있는데."

"안됩니다. 절대 안 돼요. 이제 진짜 끝인데 쭉~ 유지해야하지 않겠습니까. 돈이 문제가 아니라 내 옛날 모습이 딱! 나와야 하니까.."

"이제 진짜 끝인가?"

"아직도 맘이 왔다갔다 바뀌니까 뭐라고 확답할 수는 없는데요, 이젠 진짜 끝내야죠. 진짜.."

"잘 버텼으니까 그동안.. 제대로 멋있게 끝내라. 이
  생활 졸업하고 나가야지."

"그나저나 형님이랑 형만이도 일이 좀 더 많이 구
  해져야 되는데.. 계속 가보고 있긴 하지?"

"매..매.맨날 가죠. 지난주에 사..사일 동안이나 일했
  잖아요."

"형만이는 꾸준히 일을 하는데 나는 겉모습이 이
  래서 그런가 잘 안 뽑아가더라고.."

"형님도 이발한번 해야 되는 거 아닙니까? 호호"

"나는 뭐 하나마나야. 형만이는 한번 다듬으면 확
  달라질 것 같은데?"

"맞아, 그러네요. 형만이가 잘 꾸미면 좀 멋이 나는
  스타일이지."

"아..아.아닙니다. 저..저도 똑같죠 뭐."

"그래도 언제 한번 날 잡고 이발한번 해. 같이 가
  자. 형님도 같이 하셔."

"그래, 나중에 가자.. 너 출근해야지 이제."

"예, 이제 가야죠. 화장실 한번 갔다가 일하고 올
  테니까 쉬고들 계셔."

"또 가? 화장실을?"

"아니, 그게 아니고 거울 좀 보게요. 표정 연습은
매일 해야지. 집사람이랑 애들 앞에서 어떤 표정
으로 무슨 말을 어떻게 시작해야하나 걱정이 아
주 그냥."

"허허.. 그래, 근데 오늘은 적당히 하고 가. 너 오늘
좀 늦겠다."

"아이고! 시간이 후딱 갔네. 저 갑니다!"

"그래, 가."

"다..다.다녀오십쇼."

일터로 가는 길수와 인사를 나누고, 우리도 화장실로 가
서 간단히 세수를 한 뒤 간밤에 뭉쳐 있던 몸을 풀기 위해
마실을 가기로 했다.

"어디갈까? 공원에서 좀 걷다올까?"

"그..그 혀..형님 괜찮으시면 조..종로 5가역에 좀 가
볼까요?"

"종로5가역?"

"네.."

"거긴 왜?"

"제 치..친구가 있어요. 예전..예전에 마..막일할 때
  만난 치..친구요."

"아, 거기 있어? 친구가? 그래 그럼 가보자. 어차피 가
  까운데 뭐. 동전 모아둔거 많으니까 지하철 타도 돼."

하필 그 장소가 '종로5가역'이라는 점이 약간은 신경 쓰였
지만 혼자가 아니라 형만과 함께 간다면 과거의 기억으로
인해 순간적으로 치고 올라올 분노와 서러움을 비교적 쉽
게 눌러 내릴 수 있을 것 같았다.

바로 지하로 내려가 1호선 지하철을 탔고, 가까운 거리이
기에 금방 도착해 형만이의 안내를 받으며 친구가 있는
장소로 향했다.

"추..출구 계단에 있어요."

"계단에? 아, 그분도 우리처럼..."

"예, 저보다 더 오..오래 했을거예요."

각자의 삶을 견디느라 언제부턴가 관계가 소원해져 약 반년동안 만나지 못했지만 어색함 없이 반갑게 맞아 줄 것이라 말하며 앞장서는 형만이의 뒷모습에서 들뜬 표정을 읽을 수 있었다.

그러나 3번과 4번 출구로 나뉘는 계단의 중간으로 올라가는 순간, 그의 표정이 어두워졌다.

친구가 있던 자리에 다른 노숙인이 벽에 기대어 앉아 있었다.

형만이는 좋지 않은 예감이 들었는지 빠른 걸음으로 노숙인에게 다가갔다.

　　"저..저.저기 아저씨!"

잠에 취해있던 그가 잠시 눈을 깜빡이더니 머리를 긁으며 대답했다.

　　"뭐요, 왜요."
　　"여..여기 이 자..자리에 있던 사람 어..어디갔어요?"
　　"여기 있던 사람이 누구야. 누구를 말하는 건데요?"

"그..그 대머리요. 외..왼쪽 손에 화상자국 이..있고 어.. 어.. 또, 유모차. 유..유모차에 짐 싣고 다니는…"

"아아아~ 그 양반~ 저기 뭐야.. 알긴 알지 그 양반. 근데 왜요?"

"치..친구거든요. 오래 아..알고 지낸.."

"그래요? 음.. 그렇구만."

"어..어디있어요?"

"아.. 그게.. 참 나."

"왜..왜요? 무..무슨 일 있습니까?"

"아.. 에이 모르겠다. 그 양반 죽었어요, 죽었어.. 한참 됐는데.."

형만이는 물론이고 나 또한 표정관리가 되지 않았다.

"아..아..아니 오오..왜.. 왜 죽어요? 언제요?"

"나는 원래 저~기 3가에 있던 사람인데 이쪽으로 넘어오고 나서 그 양반 옆자리에서 살았어요. 요 옆에 저 자리에서.. 근데 그 양반 처음 봤을 때부터 계속 비실비실 하더라고.. 뭘 먹지도 않고 누워서 몸을 떨고 그래서, 내가 먹을 거를 나눠주고 막 그랬었다고.. 나 먹을 것도 부족하지마는 그래도 어쩌겠어요. 곧 죽을 거 같은데 옆에서 보고만 있을 수 있나.. 그런데도 아무것도 먹지를 못하더라고.. 그냥 누워만 있는 거야. 병원비가 있어 뭐가 있어.. 그냥 그렇게 있다가 언젠가 한번 들여다보니까 숨을 안 쉬는 거 같더라고..

그래서 내가 여기 지나가는 사람 붙잡고 구급차 좀 불러 달라했지. 바로 구급차 그 사람들 와서 보더니만 이미 죽었대요 죽었대..

벌써 몇 개월 됐어요. 그 양반 그렇게 되지."

"아..아니 어뗘..어떻게 그렇게.."

"불쌍하지 뭐. 씨팔.."

사실 노숙을 시작하고 열흘 정도가 지나면 몸의 영양상태, 청결문제로 인해 금방 몸에 이상이 생긴다. 젊지 않은 나이로 그런 생활을 하루 이틀도 아닌 몇 년간 한다는 것은 말이 되지 않는 것이다. 형만이의 친구도 그런 이유로 오랜 노숙생활 끝에 생을 마감했을 것이다.

충격을 안고 서울역으로 돌아갈 때는 지하철을 타지 않았다.

돈을 아껴야 하는 이유도 있었지만 친구를 잃은 형만이에게 혼자만의 생각을 할 시간이 필요했을 것이라 판단한 이유에서였다.

약 한 시간동안 걸어 서울역에 도착할 때까지 형만이는 어떤 생각을 했을까.

그에게서 몇 걸음 떨어져 걸으며 감히 그의 머릿속을 들여다보고자 했다.

짧고 간단히 말하자면, 그동안의 노숙생활을 진지하게 돌아보고 앞으로 자신에게도 다가올 일들에 대해 두려움을 느꼈을 것이다.

나는 누군가를 잃은 상처로 노숙을 시작했고,

그는 노숙을 시작한 이후에 이와 같은 성격의 상처를 알게 되었다.

할아버지와 지우가 전부였던 나,

가족 없이 외로운 인생 가운데 만난 같은 처지의 친구를 어쩌면 전부라고 생각했을 형만.

상처 입은 부위가 다르고 크기가 다르고 정도가 다르겠지만, 세상에 홀로 남겨졌다는 두려움의 고리에 나란히 걸리게 됨은 우리의 새로운 공통점이었다.

그날 저녁,

형만이와 함께 서울역 광장 계단에 앉아 마지막으로 남아 있던 담배 두 개비를 나눠 피우며 그날의 어두운 기운을 날려버리려는 시간을 가졌다. 남겨두었던 담배를 다 태우게 되었으니 새롭게 구할 방법에 관한 대화를 나눴을 뿐 딱히 위로의 말을 건네지는 않았지만 서로의 감정을 나누는 시간으로는 부족함이 없었다.

그때, 일을 마치고 돌아오는 길수의 손에 뭔가가 들려있었다. 그는 주위 노숙인들의 눈치를 살피며 반대쪽 손으로 우리에게 신호를 보냈다. 우리의 보금자리로 가자는 신호였다.

아직 다 타지 않은 담배를 길수의 입에 물려주고는 함께 우리의 자리로 돌아갔다.

길수는 자리에 앉자마자 손에 들고 있던 검정색 봉지를 넓게 벌렸고, 그 안에 있는 갈색 종이포장지를 조심스럽게 찢었다.

그의 조심스러운 움직임 끝에 포장지 사이로 새어나온 그
것의 향이 굉장했다.

"통닭?"

"고기 좀 뜯자구요. 제대로 좀 먹어봐야죠. 세 마립
니다, 세 마리."

"이거 비..비.비쌀텐데.."

"시장꺼라 안 비싸. 먹을 수 있을 때 잘 먹어야 될
거 아니냐."

"갑자기 이걸 왜 샀어? 일이 언제 끊길지 모르는데
최대한 아껴야지."

"아이고 형님, 맛있게 먹읍시다. 어쩌다 한번인데..
자! 잡아요 하나씩. 먹어, 먹어."

"그래그래, 먹을 게. 먹긴 먹겠는데 갑자기 왜 이러
는 건데?"

"그동안 감사했습니다, 형님.. 형만이한테는 진짜
내가 뭐라고 말을 해야 할지 모르겠다.. 너 덕분에
내가 여기서 잘 버텼다. 고맙다 진짜."

"가..갑자기 무슨 마..말씀이세요?"

"드디어 내일 갑니다. 집에 가요."

하루의 어두운 기운을 한 번에 날려버리는 한마디였다.

"뭐? 결정한거야?"

"예, 갑니다.. 더 미루면 안 될 것 같아요. 돈이 문제
가 아니라, 이제 정신 차린 것 같아. 나 스스로 판
단해 볼 때.. 준비가 된 것 같습니다."

"진짜 잘했다, 잘했어. 갈 수 있을 때 가야지. 고생
했다 그동안."

"축하드..드립니다. 부..부.부럽네요."

"미안하다 형만아. 나 혼자만 이렇게 돼서.. 여기 생
활 시작하면서부터 니 도움많이 받았는데.."

"아니..아.아닙니다. 저는 워..원래 갈데가 어..없는데
요 뭐. 혀..형님 잘 된 걸로 마..마.만족합니다."

"그리고 인호형님, 형님한테 얻은 게 많네요 참.. 형
님에 비하면 나는 아무것도 아닌데.. 고맙게 생각
합니다."

"나도 니들 덕분에 버티는 건데 뭐.. 니들한테 도움

도 많이 받았고 이렇게 하나씩 잘 풀리면 더 힘이 되지. 나도 좋은 일 생길 때 까지 버틸거야. 끝까지 해봐야지. 형만이도 그렇고.."

"가..가.가끔 오..오실거죠?"

"당연하지 인마! 와야지 자주.. 당분간은 가족들이랑 풀어야 될 것도 있고 정신없겠지마는 적응 좀 되면 자주 올게. 그리고 내가 얼른 다시 인나서 우리 다 같이 일 할 수 있는 데도 알아보고 그래야지.. 이제 자존심이고 뭐고 다 버리고 여기저기 연락해서 진짜 바닥부터 제대로 시작할거니까."

"그래, 가서 가족들이랑 잘 풀고, 우리 다 마찬가지지만 나이가 있으니까 건강도 잘 챙기고 조심해라."

"그래요 형님.. 고맙습니다. 형님도 건강 좀 잘 챙기셔. 저기 시설에도 꼬박꼬박 가서 식사 좀 잘 챙기시고, 사람 많다고 한끼 건너뛰고 그러지 마시고."

"그래그래. 그럼 내일 아침에 바로 가나? 식구들 볼려면 일찍 가야 하잖어? 안 그럼 지난번처럼 기다려야 되니까."

"예, 그래서 새벽같이 인나서 준비하고 가야죠. 머

리도 좀 깔끔하게 만지고.. 아, 옷을 좀 사야 되겠
는데 시간이 안돼서 그냥 집 나올 때 입었던 거
그대로 입으려구요. 저녁에 식구들 들어올때까지
절대 못 기다리겠어.. 절대.. 가겠다고 마음을 한번
먹으니까 이게 긴장이 되네."

"머..머리를 한번 더 까..깎아야 하는 거 아니에요?"

"그것도 생각을 해봤는데, 오히려 지금 이 상태가
적당한 것 같더라고. 너무 깔끔해도 뭔가 좀 안돼
보일 것 같고.. 참..나 이게 뭐, 아이고 참.. 신경 쓸
게 한 두 개가 아니네.. 어쨌든 그렇고, 이제 말씀
들 그만 하시고 이거 좀 드십시다! 드셔, 드셔. 거
기 봉지 안에 보면 콜라도 있어. 한 모금씩 먼저
들 하시고 잡숴.."

우리의 처음이자 마지막 잔치였다.

노숙생활 중에 매일 들르게 되는 무료급식소의 존재에 매
번 감사하며 따뜻한 이들이 정성으로 만든 그 음식을 먹
고 삶의 의지를 이어가지만, 시금치 한 줄기를 씹더라도
진정으로 평안함 가운데 있지 못했음을 인정한다. 그것은

그들의 정성과는 상관없었고,

우리들의 마음바닥이 여러 방면으로 제각각 치우쳐 있기 때문이었다.

그때의 잔치는 구걸의 결과물이 아닌 길수 그 자체의 결과물이라 할 수 있으며, 평안함 가운데로 우리를 이끌었다.

 길수에게 가장 중요한 날이 밝았다.

죄인의 마음으로 돌아가는 것이지만 아내와 딸들에게 그 속을 있는 그대로 보여주기 위해 신중에 신중을 기해 머리와 옷을 매만지고 그동안 노숙의 때가 묻은 가방을 정리했다.

지하철 창밖을 보고 있는 길수의 표정은 이전과 확연히 달랐다.

도착할 때까지 아무도 입을 열지 않은 것은 이전과 같았지만,

묘한 긴장감 옆에는 불안함 대신 기쁨이 보였다.

아파트 단지 내 공원,

지난 번 몸을 숨겼던 미선나무 앞에 멈춰 섰다.

"형님, 저 진짜 갑니다. 형만아, 간다."

"고..고.고생 많으셨어요. 그..그동안."

"축하한다. 정말 축하해. 고생 많았어."

"하아~ 다들 집에 있을지 모르겠네.. 너무 일찍 와
서 아직 자고 있을 수도 있겠고.. 아이고~ 미치겠
다 미치겠어."

"올라가서 얼굴 보면 괜찮을 거야. 예전처럼 편할
거야. 너무 긴장하지 말고 가봐."

"예, 그렇겠죠.. 휴~ 갑니다! 같이 와줘서 고마워요
둘 다.."

"그래, 올라가."

"드..들어가 보세요."

"아, 잠깐만. 한번 안아봅시다 우리.. 자, 형님.. 형만
이도 일루와."

서로를 꼭 안고, 함께 했던 노숙생활을 잠시 떠올렸다.

노숙의 첫날 시비가 붙어 곤란한 상황에 빠져있던 나를
구해준 일,

차가운 새벽을 함께 술기운으로 이겨낸 일,

각자가 안고 있는 노숙의 이유를 나눴던 일,

이발소에서 웃음을 참지 못했던 일,

우리의 처음이자 마지막 잔치까지,

그 외에 잠을 자고 밥을 먹고 담배를 피우는 사소하고 평범한 일들을 결코 평범하지 않은 공간에서 함께 해냈다.

　　"이제 진짜진짜 갑니다."

자꾸 뒤를 돌아보려는 길수의 몸을 건물 입구로 살짝 밀어주었다.

드디어 아파트 건물 안으로 들어간 길수를 확인했고,

우리는 바로 몸을 돌리려다가 혹시나 하는 마음에 조심스레 건물 안으로 들어가 보았다.

결과의 소리를 듣고 싶었다.

계단을 오르는 길수의 발소리가 들리는 것으로 보아 높은 층에 위치한 집은 아닌 듯 했다.

발소리가 어서 멈추길 바라며 우리도 아주 천천히 뒤를 따라 계단을 오르기 시작했다.

잠시 후, 길수의 발소리가 멈췄고 우리는 숨죽이며 귀를 기울였다.

긴장감이 섞인 초인종 소리가 들렸다.

반응이 없자 초인종 소리가 한번 더 울렸다.

"누구세요?"

"…"

"예? 누구세요?"

"..나.. 나야.."

그 순간, 비명 아닌 비명과 동시에 현관문이 열리는 소리
가 들렸고 정확한 표현은 알아듣지 못했으나 수많은 감정
이 섞인 아름다운 울음소리가 아파트를 가득 채웠다.

옛날이 아니라 예전이라고 표현하고 싶은 35년 전,

그때의 내 시선으로 길거리 노숙인들을 봤을 땐 그들에겐
사랑도 없고 감정도 없으며 모든 것이 없을 것이라 생각
했었다.

하지만 지금의 나는 그들을 이해함을 넘어서서 그들 자체
가 되었고 길수를 진정한 보금자리로 보냄으로써 내가 보
지 못했던 '노숙인의 것'을 보게 되었다.

과거로 인해 현실을 잃어버린 그들이지만 일반적인 세상 사람들이 그러하듯 그들에게도 '미래'가 있다.

그들도 그것을 충분히 가질 수 있다.

...의 대한 글고 싶다.

...가 그 아이가 즉시 남겨주었던 초루다 쉽는거리를 한 곳에 모아

...가 있는가하면, 명령받기 되기 전 흥면 하고 있는 여러...

...같이 하며 친구를 사랑하는 이름으로 있다. 각자의 생코 방...

...백을 하나는 아래와 같다.

...길 때쯤이면 이렇게 해서준 술 구해서 그것을 이...

...종 하나는 자유날 아침에 깨지 않...

...인 오전 11시...

노숙인들의 하루는 길고 길다.

해가 뜨자마자 각자 남겨두었던 소주와 씹을 거리를 한 곳에 모아 나눠먹는 무리가 있는가하면, 아침열차를 타기 전 흡연을 하고 있는 여러 시민들에게 담배 구걸을 하며 하루를 시작하는 이들도 있다. 각자의 생존 방식이 있지만 가장 흔한 방식 중 하나는 아래와 같다.

날이 어두워 질 때쯤이면 어떻게 해서든 술을 구해서 그것을 마시고 잠에 빠진다. 술을 마시는 이유 중 하나는 다음 날 아침에 깨지 않고 시간을 쉽게 보내기 위함이라고 할 수 있다.

이르면 오전 11시, 늦으면 오후 1시 정도에 잠에서 깨고 근처 화장실로 들어가 아주 간단한 세면과 동시에 부족했던 수분을 섭취한다. 단, 세면은 아주 더운 여름날이 아닌 경우는 거의 하지 않는다고 말할 수 도 있겠다.

어쨌든 본격적인 하루의 시작이라 함은 끼니를 해결하는 것이다.

길수와 형만, 그리고 내가 그랬듯이 무료급식소를 찾아가 끼니를 해결하는 것이 보편적이지만 사실 그것으로는 완전히 만족을 하지 못하는 것이 현실이다. 일반적인 사람들도 삼시세끼만 먹고 살지는 않듯이 말이다.

날이 더운 경우엔 많은 양의 수분이 필요하고 추운 경우
엔 충분한 열량이 필요한데, 줄여서 간단히 말하자면 어
떤 날이든 구분 없이 항상 배가 고플 수 밖 에 없다는 말
이다.

그렇기 때문에 그들은 각자 자신만의 경로를 순환하며 필
요한 것들을 얻는다.

이는 서울역뿐만 아니라 전 지역 노숙인들의 생활방식일
것이다.

일단은 몸이 힘들더라도 자신이 정해놓은 경로를 무조건
돌아야만 시간도 죽이고 필요한 것을 얻을 수 있는 기회
를 잡는다.

요즘엔 어디를 가나 곳곳에 편의점이 정말 많다.

그곳을 지날 때면 오아시스를 만난 것처럼 눈을 크게 뜨
고 야외테이블 위에 누군가가 남기고 간 과자부스러기,
음료, 술 등을 먹는다. 그런 식으로 자신의 경로를 천천히
둘러보고 나서 보금자리로 돌아와 휴식 및 구걸을 시
작한다.

그러다 잠이 들고, 다시 깨면 또 한 바퀴를 돌거나 주위 다

른 노숙인들을 만나 시간을 보낸다.

해가 지면 하루 동안 얻은 동전들을 모아 술을 사거나 컵라면을 사먹으며 하루를 마감한다.

아주 표면적으로만 나열한 한때의 나와 그들의 생활모습이다.

길수가 떠난 뒤, 나와 형만이의 일상도 그러했다.

그렇게 특별한 것 없이 말 그대로 일상 적인 일상을 보내던 중, 나를 그런 생활에서 이탈하게 만든 일이 생겼다.

낮잠에 빠져 있던 어느 날 머리가 지끈거리는 느낌에 눈을 뜨고 몸을 당겨 벽에 기대어 앉았다.

두통을 잊기 위해 광장 중앙으로 나가 이곳저곳 돌아다니며 몸을 풀기로 하고 형만이를 깨우려 했으나 잠에 깊이 빠져있는 듯하여 나 혼자 이동하게 되었다.

광장 계단 쪽, 내가 처음 이곳에 왔을 때 자리를 잡았던 지점에는 그날도 역시 기독교단체의 찬양이 울려 퍼지고 있었다.

나는 그 앞 계단에 걸터앉았고 그들의 소리를 들으며 두통을 잊으려 눈을 감았다.

다섯 곡 정도의 찬양이 각각 여러 번 반복되어 삼, 사십분

이 금방 지나갔고, 갑자기 찬양소리가 들리지 않아 눈을
떠보니 찬양단원들이 휴식시간을 갖고 있었다.

물을 마시기도 하고 서로 악보를 주고받는 그들의 움직임
에 의미 없이 집중하던 중, 간이 무대 한쪽에 건반이 눈에
띄었다.

나는 뭔가에 이끌리듯 건반을 향해 걸었고,

과거를 떠올리며 건반에 한 손을 올렸다.

　　"저기.. 이거 만지시면 안 되는데.."

　　"아, 예.."

　　"혹시 교회 다녀보셨나요?"

　　"좀.. 오래전에요."

　　"아~ 그러시구나. 그럼 이번에 저희 교회 한번 나
　　　와 보세요. 다녀보셨으니까 훨씬 적응하기도 편하
　　　시겠네요. 저희가 이렇게 여기 계신 분들을 위해
　　　서 행사도 많이 하고 있거든요."

　　"예, 다음에 기회 되면 가볼게요."

　　"저희 교회 안내 책자랑 작은 성경책 있는데 그것
　　　좀 가져다 드릴게요, 잠시만 계세요."

"아니요, 아니요. 괜찮습니다. 다음에요.."

찬양단원의 대화를 일방적으로 끊어버리며 자리를 피하는 중에도 간이무대 한 쪽에 홀로 서있는 건반이 자꾸 눈에 들어왔다.

건반 그 자체보다는 35년 전 그 마지막무대, 또 그것보다는 지우가 생각났기 때문이다. 건반 위에 손을 올린 순간 말을 걸어온 찬양단원이 아니었다면 나는 어떤 한 음을 눌렀을 것이고, 그 음을 이어 또 다른 음으로, 계속 또 다른 음으로 이어나가며 그에 맞는 기억과 감정을 불필요하게 많이 끌어올리게 되었을 것이다.

결국 모든 일의 끝은 분노와 서러움, 그리움인 것을 알면서도 그런 위험한 도전을 단번에 포기하기란 정말 어려운 일이다.

위험하고도 부질없는 도전을 포기할 수 있게 만든 그 찬양단원에게 고맙다는 생각을 하며, 보금자리로 향하던 발길을 여주로 옮겼다.

죽음은 인정하지 않되 이 상황을 확실히 인정하기로 한 다짐을 굳게 지키기 위해서였다.

길수가 가정으로 떠나면서 남겨주고 간 돈을 형만이와 나누고, 그것을 아끼고 아껴 여주에 가는 비용으로만 쓰기로 한 뒤부터는 훨씬 편한 마음으로 그 다짐을 지켜나갈 수 있게 되었다.

경기도 여주 할아버지와 지우를 만날 수 있는 어느 산의 초입,

하루를 정리하는 저녁식사를 하듯, 그리고 귀갓길을 함께 하듯 가볍고 애틋하게 눈물 없이 만날 수 있다는 자신감이 있었다.

서울역 앞 기독교 단체 찬양단원이 나의 분노와 서러움을 막아준 것부터가 좋은 시작이라고 느껴졌기 때문이었다.

한발 한발 충분한 힘을 싣고 차도와 산길의 경계선을 넘는 순간 뒤에서 한 목소리가 들렸다.

　　"또 왔네, 또 왔어."

지난번 나에게 찝찝함을 던져주었던 어두운 작업복 차림의 노인이었다. 나는 좋은 시작에 이은 자신감을 꽉 붙잡고 놓치지 않기 위해 그의 말을 무시하기로 했다. 그리고

다시 한 발을 내딛는 순간, 또 한번의 위기가 왔다.

　"뭐할라고 올라가? 빈 무덤에.."

알아들을 수 도 없고 뜬금없는 그의 공격에 나도 모르게
몸을 돌렸다. 어쩔 수 가 없었다.

　"왜 자꾸 말을 겁니까! 예?"
　"뭐 안좋은 일 있나보구만? 느닷없이 화를 내네?"
　"아니, 화를 내는 게 아니라.. 됐습니다. 좀 예민해
　서 그러니까 그냥 올라가보겠습니다."
　"그 무덤 주인이라고?"
　"후.. 예, 맞습니다. 아니, 근데 지난번부터 뭐 때문
　에 그러십니까. 예? 저 무덤 주인이 누구든, 있든
　없든 어르신하고는 상관없지 않습니까."
　"내가 여기 토박이야. 이 산 오르내릴 사람 없어
　아무도.. 그래서 그러는 거라고.. 갑자기 이상해서.."
　"빈 무덤이라는 건 뭡니까?"
　"뭘 알고 왔다갔다 하는 건지 한번 찔러본건데, 아

무래도 모르나보구만."

"뭘요?"

"위에 있는 건 진짜고 밑에는 가짜야 가짜."

갑자기 날개뼈부터 목을 통과해서 귀를 지나는 진동이 돌고 돌았고, 꽉 잡고 있던 자신감은 이미 손에서 빠져나가 버렸다.

"그게 무슨.. 가짜라니요? 뭐가 가짜라는..."

"이 산에 무덤이라 해봤자 둘뿐이야. 더는 없어. 산도 작은데 뭐. 그러니 그쪽이 말하는 무덤하고 내가 말하는 무덤하고 같은 건 확실하고, 하나는.. 아니, 근데 뭘 어떻게 알고 온 거야? 왜 모르는 거야?"

"그건 사연이 있으니까, 일단 둡시다. 두고.. 그 가짜 라는게 무슨 말인지 말씀을 해보시죠."

"말 그대로야. 둘 중에 위에 있는 건 진짠데, 아래에 있는 건 가짜라고 가짜."

"아니, 가짜라는 게, 빈 무덤이라는 게.. 그럼 왜 만든 거죠? 누가 만들었길래.."

"이유는 모르지.. 근데 엄청 오래됐지, 몇 십년 됐
으니까.. 그때부터 나는 이 산에서 일어나는 일 하
나하나 다 봤다구. 언제 한번 여기다가 묘를 쓴대.
그래서 와봤더니 가족들이구 뭐고 아~무도 없고
그냥 무덤만 만들고 있더라고. 무덤도 아니야 저
거. 땅도 안파고 위에 둥글게 쌓아서 눌러놓은 거
야 무덤모양으로.."

"그럼 그 위에 있는 건요? 그건 진짜라면서요."

"어, 그거는 가짜무덤 만들고 나서 몇 해 지나서였
나? 노인네가 돌아가셔서 거기다가 모신다더라구.
그래서 그때도 내가 가봤다구.. 근데 그때는 가족
들인지는 몰라도 두 명이었던가? 아무튼 몇 명이
와서 장을 치르더라고.."

"무슨.. 아니.. 뭐가 어떻게 된 건지..."

"가족이라면서 왜 모르나? 저 둘 중에 누가 가족이
라는 건데?"

"그.. 위쪽은 할아버지요. 친할아버지.."

"그럼 아래쪽은?"

"거기는 여자친군데.."

"여자친구? 그게 뭔 소리야. 젊었을 때 만나던 아가
  씬가? 근데 왜 빈 무덤이야?"

"저도 지금 뭐가 뭔지 잘 모르겠습니다. 무슨 일이
  일어난 건지.."

"자네 보니까 나이가 꽤 있는데 그럼 지금은 처자
  식 다 있고?"

"저.. 일단.. 일단 알겠습니다. 상황을 좀 알아봐야겠
  네요. 또 뵙겠습니다."

"뭔지 몰라도 잘 알아봐! 어쩐지 이상하다 했다, 했
  어.."

그 여주노인의 말을 단번에 믿어버리진 않았다.

머릿속을 흔들어서 그 사실에 대한 상상을 해보려 노력해
봐도 절대 어떤 무엇과도 연결이 되지 않았기에 그의 말
을, 그 노인 자체를 비정상으로 여겼다.

하지만 나는 대화를 마치자마자 산을 오르지 않고 다시
서울행 버스를 탔다.

그의 말이 사실이길 바랐던 것 같다.

그것이 사실이라면, 내 인생 끝에 반드시 만나길 바라던 희망을 더 빨리 현실적으로 앞당겨 만날 수도 있겠다는 기대가 생겼다.

여주노인의 말에 대한 사실 여부를 확인할 방법은 한 가지 밖에 없었다. 강준석을 만나는 일이었다.

긴 잠에서 깬 이후 지금껏 느꼈던 것과는 또 다르게 새로운 초조함을 느끼며 서울에 도착하자마자 지하철을 타고 종로로 출발했다.

길수에게 받은 돈을 다 써서라도 최대한 빨리 사실 여부를 확인하고 싶었다.

준석이의 집 앞에 도착했다.

현실적인 인생의 고통이 시작되었던 그 집을 다시 찾게 될 줄 몰랐다.

고개를 들어 창문을 확인해보니 불이 켜져 있었다.

집에 있는 것이 분명했다.

예순 넷이라는 나이가 스스로도 믿기지 않을 정도로 빠르고 격한 몸짓으로 계단을 올라갔다.

초인종을 누를 정신도 없이 바로 강하게 문을 두드리자 곧바로 준석이의 목소리가 들렸다.

"누구요?"

"나야! 인호형이야! 문 열어봐!!"

"예? 인호형?"

준석이는 기다렸다는 듯이 문을 열었고 내 얼굴과 몸을 확인하고는 힘차게 끌어안았다.

"형님! 돌아오신거예요? 아휴.. 그래요 돌아오실줄 알았어. 이겨내실 줄 알았어. 몸은 괜찮아 보이네. 다행입니다.. 들어와요, 들어와."

방에 들어서자마자 그곳을 찾은 목적을 뱉어놓았다.

"지우.. 살아있냐?"

여주노인의 말에 대한 사실 여부를 묻기보다는 내 머리와 마음속에 있는, 바라고 원하는 결과에 대한 답을 듣고자 했다.

준석이는 나에게서 한발짝 떨어졌고, 그의 표정에서 내가 원하는 결과의 답을 어느 정도 확인할 수 있었다.

하지만 침착하게 대화를 풀어나가야 한다는 생각이 앞섰다.

숨겨져 있는 사실의 크기에 따라 그의 대답이 달라질 수도 있겠다는 우려로 인한 자체적 결정이었다.

"아니, 형님.. 갑자기 그게 무슨 말씀이세요?"

"내가 모르는 거, 나만 모르는 거.. 다 얘기해봐. 너만 아는 거."

"괜찮으세요? 나는 형이 무슨 말을 하는지 모르겠네.."

"할아버지랑 지우 묘지에 관해서 나한테 할 말 없어?"

"형.. 아니, 나는 도대체 형이 무슨 얘기하는지 모르겠다니까요? 할아버지랑 지우누나 묘지요? 알죠, 형 모시고 같이 갔었잖아요. 여주에 계시잖아 두 분다.."

"그래, 맞아 할아버지는 거기 계시지. 근데! 지우 무덤이 가짜라는 게 무슨 소리야. 어? 가짜라는 게 무슨 소리냐고!"

"형님.. 누가 그런 헛소리를.. 누가 그럽니까?"

"너 진짜 몰라? 숨기는 거 없어? 어?"

"어디서 그런 소리를 들으셨는지 모르겠는데요, 그런 말도 안 되는.. 만약에 그게 사실이라면 제가 형님한테 왜 숨기겠습니까.."

"하.. 이게 무슨…"

"형님, 형.. 그래요. 거기 갔다가 누구한테 이상한 소릴 들으신 것 같은데 다 이해해요. 흥분하실만 하지. 근데 그런 말도 안되는 얘기 들으실 필요 없어요. 형 지금까지 이렇게 살아계신 거보면 그동안 잘 버티신 것 같은데 이제 와서 다시 처음으로 돌아가면 안 되잖아. 마음 가라앉히시고 그 생각은 지워버리세요.. 그래도 이렇게 살아계신거 뵈니까 좋네.. 난 솔직히 형 혼자 어딘가에서 지내시다가 예전에, 그때처럼 다 포기하실 줄 알았어요. 다행이네요."

그날 준석이는 끝까지 내가 바라던 대답을 하지 않았다.
준석이와 대화를 나누는 동안 아주 잠깐 여주노인의 말과 나의 기대를 허상이라고 결론지을 뻔 했지만, 단도직입적으로 뱉은 나의 첫마디에 뒤로 물러나며 당황하던 준석이의 모습이 오히려 점점 선명해지며 일단은 그 결론을 미뤄두었다.

아무것도 얻지 못한 채 밖으로 나오자 몸이 굳는 느낌이 들었다.

그동안 꿋꿋이 바로 잡아온 안정적인 마음에 조금씩 금이 가고 있는 듯한 느낌이 들어 온 몸에 식은땀이 멈추지 않았다.

어디로 가야할지, 뭘 어떻게 해야 할지, 분명히 무언가를 밝혀내야 하는데 어떤 방법이 있을지 감이 잡히지 않았다.

다시 올라가 사실을 토해낼 때까지 붙잡고 있어야하나,

정말로 노인의 말이 헛소리일 수 도 있으니 다시 여주로 가서 노인을 족쳐야하나,

차라리 헛소리로 여기고 흘려버리는 것이 나을 수 있겠다는 생각의 반대편에, 어딘가에 정말로 살아있을 수 도 있는 지우의 모습이 상상되었다.

최대한 신속히 어느 한쪽을 선택해 각각 다른 안정을 찾

아가야만 하는 응급한 고민 끝에 결국 감정의 무게를 선택했다.

어차피 아무 것도 모르는 상황에서 믿을 수 있는 것은 '느낌'밖에 없었고, 준석이의 그 표정 속에 분명히 뭔가 아주 작은 것이라도 숨기는 게 있다는 판단으로 인한 결정이었다.

그 다음으로는 결정에 따른 실행의 방법을 생각해야 했다.

일단은 서울역으로 돌아가 형만이에게 도움을 청했다.

지금 그때를 돌아보니, 나의 인생을 위해 그에게 도움을 청한다는 것이 과연 괜찮은 일이었는지 다시한번, 여러 번 생각을 하게 된다. 길수는 가정이라는 질긴 연결선을 따라 돌아갔고, 나는 끊겼던 연결선을 다시 붙여 그 연결 대상의 존재 여부를 확인하려 했다.

그러나 아무런 연결대상도, 연결선도 없는 형만이의 입장에서 볼 때 우리를 돕는 일들이 어쩌면 서럽고 고통스러운 일이었을 수 있겠다는 생각이 들었다.

그는 그 어떤 내색도 없이 진심으로 나를 도와주었다.

우리는 날이 밝자마자 지하철 첫차를 탔고,

형만이의 안내를 받아 영등포동과 문래동 중간쯤에 위치한 굉장히 오래되어 보이는 낙후된 건물 안으로 들어갔다.

미로처럼 매우 복잡한 구조의 내부를 지나 계단을 타고 올라가 거의 옥상 직전까지 갔을 때쯤 철재로 된 문이 보였다.

왠지 형만이의 표정이 약간 굳어있었다.

"여기야?"

"네, 이..이.이 문만 토..통과하면 돼요."

"그냥 열면 되나?"

"아..아니요. 자..잠시만.. 제가 하..할게요."

크게 숨을 내쉬고 문을 두드리는 형만이의 손이 떨렸다.

손을 내리고 잠시 기다렸지만 반응이 없었고

다시 한번 더 크게 여러 차례 두드리자 약간의 인기척이 들리더니 누군가 문을 열었다.

형만이와 비슷한 체형과 이미지의 한 젊은 남자가 문 틈 사이로 얼굴을 내밀었다.

"어떻게 오셨어요?"

"아.. 그.. 대..대표님 좀.."

"대표님이요? 왜요?"

"저..전에 여기서 이..일하던 사람인데 어..어.얼굴 좀
  뵈려구요."

"성함이 어떻게 되시는데요."

"나..나.남형만 이라고.."

"예? 뭐라구요?"

"나..남형만이요."

"남형만씨요? 옆에 분은요?"

"아, 저는 박인호라고 하구요. 뭐 부탁 좀 드릴게
  있어서 같이 왔습니다."

그때, 안쪽에서 다른 이의 목소리가 들렸다.

  "뭐여, 누군데그려? 활짝 열어봐!"

젊은 남자가 그의 말대로 문을 열었고 목소리의 주인공이
얼굴을 들어냈다. 60대 후반으로 보이는 남자가 소파에

기대앉아 부채질을 하고 있었고, 우리는 고개를 살짝 숙이며 그의 앞으로 다가갔다.

"어? 누구여 이게? 가만있어보자.. 형만이? 형만이!
맞지?"
"예, 자..자.잘 지내셨습니까"

과거에 흥신소에서 문지기로 일했었다는 형만이의 이야기가 떠올랐다. 바로 그곳이 형만이의 마지막 직장이었고, 문을 열어줬던 젊은 남자는 그의 예전 모습인 것이다. 소파에 앉아있던 남자는 의자에서 등을 떼며 반가움을 표했다.

"어떻게 지낸거여? 십년 넘지 않았나? 나가서 뭐를
해서 먹고 살았던 거여~"
"이..이것저것 하..하면서 살고 이..있습니다."
"너 이새끼, 바깥생활 하는구만! 어? 맞지?"
"...예."
"그러니께 여기서 계속 좀 붙어있으라니깐.. 못하겠

다고 나가서는 그게 뭐하는 거여 힘들게."

"그땐 어..어쩔 수 어..없었습니다. 저한테 자..잘 안
맞아서.."

"알아 인마. 여기 있다 보면 험한 일 하는 놈들도
많고, 하루에도 여러 가지 다양한 양반들이 드나
드니까.. 대가리 돌아가는 게 짧고 싸가지 없는 새
끼들이 가끔 있지. 그런 거 부딪히기 싫어서 나간
거 아니여. 맞지?"

"에에..예.."

"그려, 다 안다니께 내가.. 그래도 그렇지, 너도 나
이가 있는데 바깥 생활을 언제까지 할라고... 옆에
는 누구신가?"

"처음 뵙겠습니다. 박인호라고 합니다. 그.. 제가 뭐
좀 알아보고 싶은 게 있어서 오늘 형만이 따라서
와봤습니다."

"아, 그래요. 형만이하고 같이 지내는구먼.. 뭘 알고
싶은데? 누구를 찾는 거여? 뭐 어떤 걸 찾는 거
여?"

"제 얘기를 하려면 좀 긴데, 일단 간단히 말씀을

드리면…"

"아니. 그냥 필요한 것만 말해. 어차피 그 사연을 구구절절 들어봤자 시간만 버리니까. 뭘 찾는지, 지금 갖고 있는 정보는 뭐가 있는지 딱 중요한 것만 말해봐."

"아, 예. 먼저 첫 번째로는 무덤이 하나 있는데요, 그걸 누가, 언제 만들어 됐는지 알고 싶습니다. 그 근처에 갔다가 들은 건데 그 무덤이 가짜 무덤이라는 얘기가 있어서요."

"가짜?"

"예, 빈 무덤이라는 거죠. 안에 아무 것도 없는.."

"그걸 왜 만든 거여? 비석에는 뭐라고 쓰여 있나? 자네하고 관계는?"

"누가 왜 만들었는지를 모르겠습니다. 비석..에는 임지우라고.. 제가 젊었던 시절에 사귀던 여자구요. 빈 무덤이 맞다면 지우는 어떻게 됐는지, 다른 곳에 묻힌 건지 아님 살아있는 건지 알 수 가 없네요. 그래서 일단은 그 무덤에 대해서 좀 알아봤으면 합니다. 그 얘기가 사실인지.."

"음.. 일단 무덤.. 그 다음은 그 임지우라는 여자?"

"예."

"자~ 어디보자.. 무덤하고.. 임지우씨. 묘지 위치는
어디지?"

"경기도 여주입니다."

"그럼 자세한 위치를 나한테 알려주고, 자네한테
가짜무덤 얘기를 해준 사람도 우리가 만나봐야겠
구먼.. 그건 뭐 일단 위치만 알면 금방 찾으니까."

"부탁 좀 드리겠습니다."

그때, 가만히 눈치를 보며 나와 대표의 대화를 듣고 있던
형만이가 바지 주머니에서 뭔가를 꺼내 테이블에 올려놓
았다.

열 장이 조금 안 되는 만원지폐였다.

길수가 가정으로 떠나면서 주고 간 것을 우리가 나눠가지
며 각자 꼭 필요한 곳에만 쓰기로 했던 바로 그 돈이었다.

나는 그것을 바로 집어 들고 다시 형만이의 주머니에 쑤
셔 넣었다.

"야, 이걸 왜 니가 내.. 그냥 둬. 내가 알아서 할게."

"그..그.그래도.. 모..모자랄 텐데.."

"그래도 이건 아니야. 내가 알아서 해."

이번엔 내가 가진 모든 것을 꺼내 대표 앞에 내려놓았다.
이것 또한 길수가 주고 간 그 돈이었다.

"정말 죄송합니다만, 아시다시피 저도 바깥생활중
이라 가진 게 이것밖에 없습니다. 이것도 누구한
테 받은 건데 일단 이것부터 받아주시고 나머지
는 제가 매번 일 할 때 마다 바로바로 드리는 걸
로 해도 되겠습니까? 정말 죄송합니다. 일을 최대
한 구할 수 있는 만큼 많이…"

"잠깐만, 잠깐만! 조용히 해봐. 알겠어. 뭔 얘기 하
는 건지 알겠다고.. 근데, 나 내년이면 칠십이여.
형만이 너는 여기서 일 좀 해봐서 알것지만, 이쪽
일도 사무실마다 다 달라요 달라. 똑같이 흥신소
간판 걸어놨어도 하는 일의 급이 다르다고.. 나는
그 급을 섭렵하고 통달한 사람이여. 평생을 볼 꼴

못 볼꼴 다 보면서 돈 벌어먹고 살았는디 이제 더 벌어서 뭐하것냐. 형만이도 오랜만에 봐서 반갑고 하니까 그냥 해줄게. 돈 안 받고."

다시 생각해보면, 내가 형만이에게 도움을 청한 것이 결과적으로는 그에게 고통스럽고 서러운 일이 아니라 그가 존재할 수 있는 인생의 공간을 더 넓힌 일이 되었다. 나는 형만이와 대표에게 감사했고 그 두 사람은 그런 상황을 만들어준 서로에게 감사함을 느꼈을 것이다.

"정말 고맙습니다. 그래도 제가 드릴 수 있는 만큼은 드리겠습니다."
"안 받는다니깐? 아예 받을 생각이 없으니께 그냥 가서 기다리고 만 있어. 그리고.. 형만이는 어차피 이렇게 된 거 이번일은 나랑 같이 하면 좋겠는데? 너가 할 수 있는 걸 하고 생활비도 벌고.."
"저..저.저는 좋습니다. 할 수 이..있습니다."
"좋아, 그럼 그렇게 하고 인호? 맞지? 자네는 혹시 더 생각나는거 있으면 바로 연락주고.."

"예, 알겠습니다. 고맙습니다."

형만이는 그곳에 남아서 대표와 함께 일을 시작했고,
나는 여주 묘지의 위치를 설명해주고는 바로 종로로 이동
했다.

다시 한번 준석이를 만나 볼 생각이었다.

그날 흥신소에서 이뤄낸 계획의 첫 시작을 말해준다면 숨
겨진 사실의 전부를 듣지는 못하더라도 어떤 한 조각은
얻어낼 수 있을 것 같았다. 물론 그 전부를 한번에 다 듣
게 되길 바라는 마음이 간절했다.

집 건물 앞에 도착해 바로 전날에도 그랬듯 고개를 들어
창문을 봤다.

방 안쪽 불이 꺼져있었지만 아직 밝은 시간대이기에 신경
쓰지 않고 계단을 오르기 시작했다. 하지만 정말 이상하
게도 계단을 오르면 오를수록 불길한 느낌이 들었고 속도
를 높여 뛰어 올라가 현관문 앞에 섰을 땐 이미 늦은 것을
알 수 있었다.

현관문은 열려있었고 집 안을 보니 여기저기 널브러져있
는 옷들과 모조리 열려있는 서랍, 다급하게 짐을 챙겨 나

간 흔적이 보였다.

그때 나의 눈앞에 펼쳐진 모습은, 그가 나에게 감추고 있는 것이 분명히 있다는 확신과 지우가 살아있을 수 도 있다는 기대를 더욱 부추겼다.

물론 나와 관련된 일이 아닌 개인적인 일로 만들어진 다급한 느낌의 모습일 가능성도 있었지만, 계단을 오르는 동안 느꼈던 불길함이 나의 희망의 시작이 되길 원하고 믿었다.

그곳에서 몇 시간을 기다리고, 다음날에도, 그 다음날에도 찾아가 보았지만 준석이는 나타나지 않았다. 점점 더 확신과 기대를 키우게 되는 상황이 무르익었다.

그를 기다리는 그 며칠이 더욱 길게 느껴진 이유는, 동시에 흥신소에서 보내올 소식도 함께 기다렸기 때문이다.

서울역과 종로를 오가며 두 가지 모두에 마음을 나눔으로써 차분함을 찾아 숨소리가 안정될 때쯤 준석이의 집골목 한 가운데 공원 입구에 있는 슈퍼마켓에 들렀다.

그 앞엔 동네사람 누구나 쉴 수 있는 적당한 크기의 평상이 있었고 그 자리에 앉아 휴식을 취하다가 다시 서울역으로 출발할 계획이었다.

홍신소 대표가 의뢰비를 받지 않는 바람에 길수에게 받은 돈이 굳었지만 절대 허튼 곳에 쓰지 않고 아끼고 아껴 담배를 사는 데만 쓰기로 했다. 그것 또한 낭비라고 말할 수도 있겠지만 시간을 때우며 초조함을 감당하는 방법으로는 담배만한 게 없었다. 밥은 굶더라도 담배는 꼭 필요했다. 그날 그 평상위에서도 마찬가지였다. 준석이의 행방을 알 수 없는 답답함을 감당하고 새로운 마음으로 서울역에 갈 생각으로 담배를 물었다.

그때, 불을 붙이려 라이터를 꺼내던 중에 형만이의 발자국 소리가 크게 들렸다.

　"혀..혀.형님!!!"

골목의 끝에서 나를 발견하고는 급히 뛰어와 내 옆에 앉는 그에게서 드디어 새로운 소식의 향기가 났다.

　"어떻게 됐어? 뭐 좀 알아냈어?"
　"차..차.찾았어요. 드..드디어!!"
　"뭐? 진짜야? 어떻게 됐는데?"

"일단 가..가서 봐야 해요. 그..그 묘..묘지 만든 사람
  이에요."
"어디야? 사무실로 가면 돼?"
"예, 흐..흥신소."

믿고 있던 두 가지 중 먼저 반응이 온 쪽은 흥신소였다.
불을 붙이지도 않은 담배를 어디에 떨어뜨렸는지 기억이
나지 않을 정도로 정신없이 골목 밖으로 뛰어나가 택시를
불러 세웠다.
택시는 내 처지에 맞지 않았지만 이것저것 따질 상황이
아니었다.
어차피 중요한 순간에 쓰기위해 길수의 정성을 아껴둔 것
이기도 하고, 그런 결정적인 순간에 지하철역 계단을 내
려가고 지하철을 타고 내려서 환승통로를 걷고 그럴 멍청
한 감정상태가 아니었다.
택시요금을 제대로 냈는지 거스름돈을 잘 받았는지 확인
도 하지 않은 채 건물로 뛰어 들어가 흥신소 문을 열었다.
소파에 앉아있는 대표가 우리를 맞아주었고 대표의 앞에
나와 비슷한 나이대의 한 남자가 앉아있었다.

"인호! 왔어? 이리와, 이리와 앉아."

"예, 어떻게 됐습니까? 이분이 그걸 만드신 분이라구요?"

"혀..혀.형님 일단 아..앉으시죠."

"그려, 인호야 앉아라. 진정하고 제대로 얘기해 보자구."

"예.. 그립시다."

"자! 이제 소개를 해봅시다. 여기 이쪽 옆에 계신분이 바로 그 여주에 그 무덤, 그 묘지를 만드신분이시고 또 이쪽은 아시죠? 의뢰인이시고.. 그러면은 일단 그 산에 있는 무덤 두 기(基)에 대해얘기를 해보는 게 좋것구면. 말씀들 나눠보세요."

"저.. 처음뵙겠습니다. 이번 일 의뢰한 박인호라고합니다."

"아, 예. 저는 윤창섭입니다. 그 먼저 알고 싶으신게.."

"예, 일단은 그 산에 있는 무덤을 언제 어떻게 만드셨는지요? 그 중 하나가 가짜라고 들어서요.. 그런데 지금 연배가 저랑 비슷하신 것 같은데 그때 그 일을 하셨다구요?"

"저는 가업을 받았죠. 아버지께서 묘공사를 하셨거든요. 그렇다보니 저는 자연스럽게 어릴 적부터 그 일에 뛰어들어서 지금까지 묘공(墓工)을 하고 있구요. 이번 일로 이쪽으로부터 연락을 받고 제가 그 무덤에 대해 알아봤더니 다행히도 저희 장부에 기록이 남아있더라구요. 근데 그걸 보니까 기억이 났어요. 삼십여년전 일인데도 아직 기억이 날 수 밖에 없더라구요. 진짜로 특이한 경우였거든요.

그 당시에 어떤 노인분이랑 중년 남자분이 오셔서 제 아버지한테 의뢰를 하셨는데 이유는 묻지 말고 빈 무덤을 만들어 달라고 하더라구요. 가짜 무덤을요. 근데 그게 하나가 아니라 둘이에요."

"예? 둘이라니요? 제가 듣기로는 하나라고 들었는데.. 그 산에 둘밖에 없잖아요. 위쪽에 있는 건 제 친할아버지구요. 아래쪽에는 당시에 만나던 여자 친군데.."

"아, 그게 어떻게 된거냐면요. 음.. 원래 당시에는

다 비밀로 하기로 했는데, 이젠 세월이 많이 흘렀고 또 지금 이렇게 물으시니까 다 말씀을 드려야겠네요. 아까 말씀드렸다시피 당시에 저희를 찾아오셨던 그 노인분이 가짜무덤을 두 군데에 만들어달라고 하셨어요. 하나는 지금 박인호씨께서 알고계신 그 산에 하나, 그리고 또 하나는 그 산 바로 앞에 있는 다른 산에 하나. 이렇게 서로 마주보고 있는 산에 각각 하나씩을 부탁하신거죠. 그래서 말씀대로 양쪽 산에 한 기씩 만들었구요. 그 노인분께서 한 가지 더 부탁하시기를, 만약 본인, 그러니까 당신께서 죽게 되면 그 양쪽 산중에 첫번째 산 가짜묘지 근처에 묻어달라고 하시더라구요. 그 이후 몇 해 뒤에 돌아가셨어요. 그래서 부탁대로 그곳에 모셨죠. 결론은 당시에 저희가 만든 묘지는 세 기였고 그중 하나는 진짜, 양쪽 둘은 가짜인 거죠. 아마 박인호씨께서 보신 산이 첫번째 산 일겁니다. 그 노인분의 묘지와 가짜묘지가 함께 있는... 아까 친할아버지라고 하셨죠?"

"예, 맞습니다만.. 할아버지께서 왜 가짜무덤을 부

탁하신건지 도저히 모르겠네요.. 그럼 가짜 중에 하나는 제가 본거고 다른 산에 있는 하나는 비석에 뭐라고 써있습니까?"

"아.. 그게.. 안그래도 제가 그 기록을 보고 좀 당황했는데.."

"누구 이름이길래요?"

"음... 일단 제가 장부를 가져왔으니까 그걸 직접 보시죠."

남자는 의자 옆에 놓아둔 가방에서 장부를 꺼내 한 장 한 장 넘겨가며 기록을 찾기 시작했다.
할아버지께서 왜 가짜무덤을 만들어두셨는지,
그중 하나는 왜 지우의 이름이 쓰여 있는지.
뭐가 어떻게 된 건지 도저히 이해가 되지 않았다.
이해할 방법도 없었다. 일단 장부를 확인해보기로 했다.

"여기 있네요. 그때도 느꼈지만 도대체 왜 이런 일을 하신 건지 모르겠네요. 여기, 여기를 한번 보십쇼."

기록물의 맨 윗줄에는 그때의 날짜가 보였고 바로 그 아랫줄부터 주소와 이름이 보였다.

'1985년 9월 21일

여주군 점동면 사곡리 4 임지우'

그리고,

'여주군 점동면 사곡리 5-1 박인호'

나머지 한 기의 가짜묘지의 주인은 나였다.

"이게.. 왜.. 내 이름이 왜.. 이거 맞습니까? 확실한겁
니까?"

"예. 저도 아까 그쪽 분 성함 듣고 놀랐습니다. 이
기록에 이름이랑 같아서요."

"야, 인호야. 이게 뭐여? 어떻게 된거여? 진짜 모르
는 일이여?"

"예.. 아무것도 모르겠습니다. 무슨 일인지.."

"그..그..그럼 이..임지우씨는 어..어떻게 된거죠?"

"아! 맞구만 그려. 그러면은 임지우씨도 살아있다는
얘기 아니여?"

장작을 태우지 않고 거리로 나와 분노와 서러움을 참으며 지낸 결과가 예상보다 빠르게 다가오고 있었다.

이 글의 어느 부분에, 무책임한 죽음이 아닌 신의 부르심에 복종하는 죽음을 택했다고 말하며 그것이 신에 대한 무조건적인 복종인지 그가 선물한 이들과의 재회를 기대하는 조건적인 복종인지 말하지 않겠다고 적었던 게 생각난다.

솔직하게, 정말 솔직하게 말하면 후자에 가깝다.

그들과의 재회를 기대했고, 그것만을 바라보며 버텼다.

신께서 이런 나의 속마음을 알고 있음에도 내게 기회를 주셨다면, 적당한 회개를 한 뒤 정말 기꺼이 허리를 숙이고 팔을 뻗어 감사히 받을 생각이었다. '적당한 회개'가 건방지게 느껴 지실지도 모르겠지만 그것은, 잔인하게 받아야만 했던 고통스러운 날들에 대한 자그마한 앙탈로 받아주실 것이라고 굳게 믿었다.

　　"대표님, 지우에 대해서 빨리 좀 알아봐주세요."

　　"그려. 이미 애들한테 지시는 해뒀는디 이젠 확실해졌구먼. 살아있는게 확실하네."

"창섭씨, 혹시 바로 여주로 가십니까?"

"예. 저는 그쪽에 지금도 사무실이 있고 집도 있어
서요."

"그러면 정말 죄송하지만 차타고 오셨으면 그쪽
제 무덤까지만 데려다주실 수 있으신가요?"

"그러시죠 뭐. 그래도 한번은 가보셔야죠. 저는 어
차피 그쪽으로 가니까요."

윤창섭씨의 차를 얻어 타고 여주에 있는 나의 무덤으로
이동했다.

그동안 여주로 가는 길은 외로움과 불안함뿐이었고, 사랑
하는 이들 앞에 서는 것에 두려움을 느끼며 멀미라고 표
현하기도 부족한 멀미를 참아내는데 대부분의 시간을 쏟
았지만 그 순간부터는 완전히 상황이 바뀌었다.

지우가 살아있을 것이라는 확신으로 그 떨림이 달라졌다.

할아버지가 지우와 나의 빈 무덤을 만든 이유를 알 수 없
었고 궁금한 것은 사실이지만, 크게 중요하지 않았다.

어차피 비극의 시작은 나로부터 나왔고, 35년동안 깨지
못한 것도 내 잘못이다. 그 사이에 생겨난 일들에 대해 따

질 자격이 없다.

내가 할 수 있는 일은, 모든 것을 돌려놓기보다는 당장 앞에 주어진 상황을 똑바로 보는 것이었다.

산 근처에 가까워질수록 익숙한 풍경이 펼쳐졌다.

할아버지의 묘가 있는 산을 지나 5분정도 더 달리자 비슷한 크기의 또 다른 산을 만날 수 있었다.

윤창섭씨의 안내를 받아 그 산을 올랐고,

가파르지 않고 적당한 고개를 넘자 주위에 아무것도 없이 덩그러니 외롭게 서있는 무덤을 볼 수 있었다.

'박인호'이름만 새겨진 썰렁한 비석을 보니 지난 35년간의 내 모습을 내려다보는 것 같았다.

그곳에 굳이 갈 필요는 없었다.

무덤의 주인인 나에 대해선 당연히 관심이 없었고,

반대편 산에 있는 빈 무덤의 주인인 지우가 어디서 어떻게 살아있을지 혹은 일찍 세상을 뜨진 않았을지 그것에 대한 것을 알아보기 위한 방법을 마련하는 시간을 갖기 위함이었다.

또한 나의 빈 무덤을 직접 눈으로 확인함으로써 불안한 마음을 다잡고 지우가 살아있음을 확고하게 믿고 싶었다.

흥신소의 소식을 가만히 기다리고만 있을 수 가 없었다. 전문적인 그들의 일을 빼놓고 내가 할 수 있는 일을 찾다 가 생각난 것은 지우가 살았던 집의 주인을 만나는 일이 었다.

기억에 대한 부분은 여러 번 말했지만 다시 말하자면, 머릿속을 쥐어짜낼 필요는 없었다.

육체적으로 느끼는 과거는 35년전 이지만, 정신적으로 느끼는 과거는 어제와 다름없기에 금방 끄집 어 낼 수 있었다.

지우의 집 바로 맞은편, 그곳이 집주인이 사는 집이었다. 지우를 만나기 위해 수없이 많이 드나들며 자연스레 알게 된 사실이다.

아직도 그곳에 살고 있을지 알지 못하지만 일단은 초인종 을 눌러보았다. 아무런 대답은 없었지만 대문 안쪽에서 인기척이 느껴졌고 신발을 신는 소리에 이어서 마당을 걷 는 발자국 소리가 들리더니 곧바로 대문이 열렸다. 40대 후반으로 보이는 아주 단정한 용모의 여자였다.

　　"어머, 택배가 아니었네.. 어떻게 오셨어요?"

"예, 안녕하세요? 뭐 좀 여쭤보려고 합니다."

"네네, 말씀하세요."

"저 앞집 주인 분을 뵙고 싶어서 왔거든요. 제 기억으로는 그 주인이 여기에 살고 계셨던 걸로 알고 있는데요."

"아, 네. 언제쯤을 말씀하시는 건지는 모르겠는데 지금은 제가 주인입니다. 저 앞집하고 그 옆집도요."

"혹시 그럼 삼십오년 전쯤에 주인이셨던 분은 잘 모르시는 건가요?"

"삼십오년이요? 그럼.. 아! 그때쯤이면 저희 부모님이 관리하시던 때네요. 지금은 안 계세요. 돌아가셨어요.. 그 이후로 저희 친척분이 오셔서 관리하시다가 얼마 전부터 제가 받았거든요. 무슨 일 때문에 그러세요? 저희 부모님하고 잘 아는 관계셨나요?"

"아.. 저는 그분들을 직접 뵀던 적은 없는 데요. 그 당시에 저 앞집에 살았던 임씨 집안에 대해서 여쭤볼 게 있어서 왔거든요."

"임씨요? 음.. 저도 어느 정도는 기억이 나긴 하는데요. 중, 고등학교 다닐 때쯤이라서 정확히는 잘…"

"그럼 그 집 딸내미 기억나시나요? 외동딸이었는데, 당시에 스물 네 살이었구요. 임지우라고.."

"아~ 기억나요, 기억나. 언니는 잘 알죠. 제가 자주 놀러갔었거든요. 언니랑 아는 사이세요? 잊고 살았는데 이름 들으니까 반갑네."

"지금..은 연락이 안 되지만 잘 아는 사이죠. 근데 제가 궁금한 거는요, 지우가 저기서.. 아, 죄송해요. 제가 지금 시간을 너무 뺏고 있네요. 이거 한 가지만 묻고 금방 가겠습니다."

"아니요 아니요. 괜찮습니다, 괜찮아요. 말씀 계속하세요."

"예, 고맙습니다. 그.. 지우가 저 집에서 언제까지 살았는지 혹시 알고계신가요? 대충이라도요."

"언니네가.. 음… 제가 고등학교 입학하고 얼마 안돼서 이사를 간걸로 기억하거든요? 대충 삼십 일, 이년 정도 전이네요."

"왜 갔는지, 어디로 갔는지는 모르시죠?"

"예, 그건 잘 모르죠."

"그냥 갑자기 간 건가요? 별다른 모습도 없었구요? 기억하시기 힘든 질문만 해서 죄송하네요."

"아니에요, 괜찮아요. 아, 그냥 확실히 기억이 나는 부분을 다 말씀드리면요. 언니가 갑자기 한동안 아팠던 기억이 나요. 어느 순간부터는 제가 놀러갔다가 보면 매번 울고 있거나, 몸이 안 좋아서 언니네 부모님이 걱정을 많이 하셨었어요. 그러다가.. 제 기억으로는 언니가 학교를 그만두고 직장을 다니기 시작했었어요. 그걸 기억하는 이유가 공장 유니폼 같은걸 입고 다녔거든요, 언니가요."

"갑자기요?"

"예, 공장인지 어딘지는 잘 몰라도 어느 직장을 다니는 건 확실했어요. 아마 이사 가기 직전까지 계속 다녔을 거예요. 그러다가 어느 날 갑자기 이사 갔구요. 기억나는 건 이게 다예요."

"그랬군요.. 예.. 예, 말씀 잘 들었습니다. 고맙습니다."

"언니 찾고 계신가보네요. 꼭 찾으셨으면 좋겠다..
　나중에 만나게 되시면 여기 한번 놀러오라고 전
　해주세요."
"예. 알겠습니다. 시간 뺏어서 죄송했습니다."
"아닙니다. 도움이 됐는지 모르겠네요. 그럼 조심히
　가세요."

지우의 행방을 찾을만한 단서를 얻지는 못했지만 내가 사
고를 당한 이후에 어떤 감정으로 어떻게, 어떤 생활을 하
며 살았을지 충분히 상상할 수 있는 시간이었다.

지우를 만나게 되면 놀러오라던 집주인 여자의 말이 내
가슴과 배꼽사이에 뭉클하게 얹혔다.

노숙인들 중에는 기록할만한 노트나 종이를 갖고 다니며
의미를 알 수 없는 글을 기록하거나 술에 취해 돌아다니
며 의미 없는 말을 계속 반복하는 이들이 있다.

예전에는 그들을 보며 무슨 글을 쓰는지, 무슨 말을 하는
지 단순히 궁금해 하며 힐끔 쳐다보고 지나치곤 했지만
큰일을 겪고 상황이 달라지니 그에 따라 나의 반응도 달
라졌다.

저들이 기록하는 것을 따라 나또한 지우를 만나게 되었을 때 물어볼 것들을 생각하게 되고,

저들이 중얼중얼 대듯이 나또한 생각해 둔 질문들을 입으로 연습하게 되었다.

내가 스스로 찾아 낼 수 있는 유일한 방법으로는 단서를 찾아내지 못했기에 흥신소의 소식을 기다리는 수밖에 없었다.

그렇게 불안감이 증폭되던 어느 날,

흥신소 대표가 서울역 우리의 보금자리에 사람을 보내 소식을 전했다. 하지만 내가 기다렸던 소식은 아니었다.

예상지역 중 몇 군데에서는 지우의 행적을 발견하지 못했다며 나머지 한 곳의 결과를 기다려보자는 이야기였다.

숨을 내쉬는 순간마저 시간의 느긋한 흐름으로 느껴지고 밥을 먹으면 매번 체할 정도로 신경이 예민해졌다.

그런 불안정한 정신 상태로는 절대 버틸 수 가 없었고,

그렇다면 현 상황에서 할 수 있는 모든 것을 떠올려보고 실행에 옮겨 보기로 했다. 뭐라도 생각해내고 움직여야만 시계를 똑바로 쳐다볼 용기가 날 것 같았다.

결국 내가 생각해 낸 것은 주위의 노숙인들과 함께 하는

것이었다.

길수와 형만의 이야기를 들었던 것처럼 다른 이들의 이야기도 들어보고 싶었다.

흡연구역 옆쪽에 항상 모여 있는 이들에게 다가갔다.

나보다 훨씬 어려보이는, 형만이와 비슷한 또래의 모임이었다.

시비가 붙거나 무시당할 수 도 있지만 그걸 두려워할 때가 아니었다. 혹시나 해서 챙겨온 소주 몇 병을 그들 앞에 내려놓으며 최대한 대범하고 태연하게 옆자리에 앉았다.

　　"술한잔 합시다. 우리 얼굴들은 다 알잖아. 오가면
　　　서 봤을 테니까."

나의 성격과는 전혀 맞지 않는 행동과 말투이지만 그때의 불안정한 감정이 그런 언행을 끌어내고 있었다.

　　"에? 당황스럽네? 그래도 뭐 꽁술을 거절할 이유가
　　　없지~ 그러고보니까 오다가다 보긴 봤네. 아니, 우
　　　리보다 훨씬 많이 들어 뵈는데 힘들게 어째 이러

고 계신대?"

"내 사연 싹 다 말하면 당신네들 굶어죽기 전에 암
걸려 죽어."

"으이고~ 아저씨, 여기 사연 없는 놈들이 어딨대요
~ 사연 많고 자존심 센 놈들이에요. 여기 있는 놈
들이요. 예?!!"

"사연도 사연 나름이지. 당신들 아마 깜짝 놀랄거
야."

"나 원 참. 아니, 얼마나 또 구질구질 하길래 말씀
을 또 그렇게 하시나?"

"일단 술부터 까고 한잔씩들 하지."

한잔 두잔 거들다보니 경계가 풀어지고 각자의 이야기를
풀기 시작했다.

"생각을 해보라구, 생각을. 내가 뭘 얼마나 쳐박았
다고 이 꼬라지가 됐냐 이거야. 진짜로 적게 시작
했다고.. 나는 딱 삼백 넣었어. 더 되지도 않았어.
딱 그것만 박았는데 그 새끼들이 갑자기 처음엔

애기도 없던 규칙을 만들어가꾸 협박을 하더라니까? 팔다리 멀쩡하게 나가고 싶으면 규칙대로 하라고.. 내가 그걸 모른척하는 것 마냥 만든거야. 그러니 뭐 어떡해. 협박을 하니까 무서워서 이리저리 끌려 다니다 보니까 하루만에 몇 천이 되더라고, 몇 천이.."

"그거는 이 새끼야, 처음부터 니가 겁대가리 없이 그런데 가서 돈을 박으니까 그런거 아니냐. 도박이 얼마나 무서운 건데 그런데를 다닐 생각을 해? 뭣도 없는 놈이. 아저씨, 아저씨 생각은 어때요? 아저씨도 도박 좀 하셨나?"

"도박할 돈이 어딨어. 그게 있었어도 절대 안하지."

"거봐, 여기 어른도 안 해봤다는데 니가 뭘 안다고 그런 걸 했냐? 세상 물정 모르는 놈이."

"아니, 돈이 있으면 할 수도 있는 거지 뭘 그렇게 들 겁이 많아. 다들 도량이 부족하니까 이러고 있는 거야. 그렇게 부족하니까."

"새끼야, 얘기 못 들었어? 저기 밑에 귀마개양반 있

잖어. 어? 그 양반 자식새끼 손발이 놀고 있어서 저기 전라도 시골에 일자리 구해다가 보내놨드만 두달 반만에 어디로 없어졌는지 아직도 못 찾고 있다더라.. 그런 양반들도 있는데 너는 인마 거기서 정신 못 차리고 돈 날려 놓고 아직도 그렇게 입을 벌리고 떠들어? 그 돈있으면 저 양반이나 좀 갖다 줘. 좀 제대로 찾게."

"아이고 없어요 없어. 옛날에 그랬다는 거지. 지금 그만큼 있으면 이러고 있겠냐고."

"그게 무슨 소리야? 귀마개? 그게 누군데?"

"아저씨는 모르시나? 저~기 광장 끝에 보면 맨날 귀마개하고 누워있는 양반 있어요. 그 양반 얘기야. 자식놈 시골에 보내놨다가 갑자기 없어졌다잖아요. 누가 팔아먹었는지.. 그때부터 저 사람이 있는 돈 없는 돈 다 써서 찾아봤는데 없대요, 없대. 나도 나지만 사람이 한 순간에 저렇게 되는 거 보면 진짜로 부질없어. 으이구 지겨워 씨벌."

인간을 말할 때 일반인과 노숙인으로 나눠서 말하기는 싫지만 나도 모르게 어떤 상황을 말할 때면, 일반적으로 살아가는 사람과 바깥 생활을 하는 이들을 어쩔 수 없이 나눠서 얘기하게 된다.

보통 사람들이 볼 때 노숙인들의 모습은 정신적으로 문제가 있거나 몸이 불편한 이들이 대부분이라고 생각한다.

하지만 그들과 함께 지내면서 나의 생각은 꽤 많은 부분이 달라졌다. 누구든지 그 생활을 시작하게 된다면 사회에서 정한 정상인이라는 범위 안에 속했던 이들 또한 변할 수 있다는 것이다.

물론 처음부터 몸이나 마음이 불편해서 그 생활을 시작한 이들도 분명히 존재한다.

그러나 대부분은 사회에서 정상적이라는 상식선에서 살던 이들이 이리 치이고 저리 치이다가 그곳으로 도피하게 되고, 갈 곳 없이 덥고 춥고 딱딱한 바닥에서 지내는 정신적 고통을 버티기 위해 매일 매순간을 술로 지새우는 것이 더해지게 되며, 그렇게 세월이 흐르고 본인도 모르게 초점이 흐려지고 헛소리를 남발하게 되는 경우에 속하는 것이다.

보통사람들은 그 마지막 모습만 보고 노숙인들의 이미지

를 굳혀왔다. 보통사람들이 하는 말 중에는, '충분히 노력할 수 있지만 시도조차 하지 않았기에 저런 결과를 낳았고 계속 그렇게 진행 중이다.'라는 기본적인 노숙인의 이미지가 담겨있다.

그런 이미지에 해당되는 이들도 있겠지만 그렇지 않은 이들도 분명히 있다는 것을 서울역 광장 수많은 보금자리를 보며 아주 조금씩이나마 느끼게 되었다.

"이렇게 사람이 망가지는 거야. 전 세계 어딜 가든 우리 같은 애들은 다 있다잖아. 그게 왜 있겠냐고! 문제가 있는 사회에는 무조건 생겨날 수 밖에 없는거야. 한국전쟁 나갔다온 사람도 이러고 사는 경우도 있더만.."

"젊은 애들도 일구하기 힘든 세상인데, 어쩔 줄을 몰라서 두리번 거리다보니까 이렇게 되는 거지. 다 내 잘못이여, 씨발 내 잘못."

단순히 생각해서 흥신소에서 연락이 올 때까지만 시간을 때우기 위해 그들에게 다가가 술자리를 시작했지만 그들의 대화는 가볍게 지나갈 수 있는 것이 아무것도 없었다.

연락이 오기만을 기다리는 초조한 상태인데다가 술을 마시는 바람에 지쳐 쓰러지듯 누워버렸다.

몸 여기저기가 쑤시고 찬 바닥에 그대로 누워버려서인지 속도 좋지 않아 중간 중간 잠에서 깨기를 반복하다가 고요함 가운데 형만이의 목소리가 들렸다.

처음엔 잠을 어느 정도 적당히 방해하며 단잠의 당도를 높여주는 주위의 소음인 줄 알았지만 점점 커지고 선명해지는 목소리에 눈을 떴다.

함께 술을 마시던 이들도 제각각 흩어져 뻗어있었고,

서울역 앞 커다란 건물의 벽면을 가득채운 조명이 켜지기 시작한 것을 보며 서서히 해가 지는 시간대임을 알 수 있었다.

술이 퍼져있는 몸을 지탱하려면 일단 더 자야겠다는 생각을 하던 그때, 형만이의 한 마디가 귀를 파고들었다.

  "차..찾았다구요. 형! 차..차.찾았어요!!"
  "어? 뭐? 뭘 찾아?"

형만이의 손에는 주소가 적힌 쪽지가 들려있었다.

흥신소에서 결과가 나오자마자 쪽지를 들고 서울역으로 돌아왔지만 우리의 보금자리가 아닌 다른 곳에서 술을 먹다가 잠든 나를 한참 찾았다며 다급하게 쪽지를 펼쳐 보여주었다.

"살아있대? 확실해?"

"아직 모..몰라요. 이..이름은 맞는데, 가..가서 직접 봐야죠."

"그래.. 그래 일단 가자. 가보자."

"태..택시 타고 가..가는 게 나아요. 바로 지..집 앞까지 하..한번에요. 대표님이 좀 채..챙겨주셨어요."

쪽지에 적힌 주소지는 종로였다.

흥신소에서 결과가 나오더라도 내가 찾는 '임지우'가 맞을지는 직접 확인하지 않는 이상 알 수 없는 일이지만,

일단은 주소지가 종로라는 것에서 약간의 기대감을 갖기 시작했다.

종로구 숭인동 한 아파트 단지,

택시를 타고 삼십 분이 조금 넘게 걸리는 거리였다.

　　"백..오동.. 백오동 맞지?"

　　"예, 마..맞아요. 그..근데 나타날 때까지 어..어.어디
　　　에서 기다리죠?.. 괘..괜히 의심 바..받을까 봐요."

　　"눈치 볼 것 없어. 그냥 자연스럽게 저기 벤치에
　　　앉자."

날씨가 많이 풀려서인지 저녁바람을 맞으러 나온 아파트
주민들이 꽤 많았지만 눈치 보지 않고 그들의 사이를 가
로질러 주차장 옆 벤치에 앉았다.

형만이가 나에게 펼쳐보이던 쪽지를 확인한 순간부터 아
파트 벤치에 앉아있는 순간까지 양쪽 눈썹 위쪽이 욱신거
리고, 명치 쪽이 공허하고, 눈앞에 사물이 흐릿하게 보이
며 왠지 기분이 들떠있는 상태로 지속되는 것이 과음으로
인한 숙취인 줄 알았지만 그게 아니었다. 쪽지에 적혀있
는 주소에 사는 이가 내가 찾는 지우가 맞을 것이라는 근
거 없는 확신이 들며 차고 올라오는 긴장감이 술의 기운
을 이겨버렸다.

주차장 옆을 지나다니는 주민들은 역시나 우리를 힐끔힐끔 쳐다봤고, 형만이는 고개를 숙인 채 눈을 피했지만 나는 당당하게 그들과 눈을 맞췄다. 우리의 행색이 어떻든 간에 특별한 이유 없이 사람이 사람을 쳐다본다는 것은 싸움의 신호를 건네는 것과 마찬가지이다.

당당하게 쏘아댈 준비가 되어있는 나의 시선을 과연 누가 제대로 받게 될지 은근히 기다렸지만 그저 소심한 시선을 이리저리 돌리며 지나갈 뿐이었다.

그러나 사실상 그곳은 나와는 상관없는 그곳 주민들만의 공간이고 나와 형만이는 그곳에 침입한 입장이었다. 그들이 힐끔거리며 쳐다보는 것은 우리가 노숙인인 것과 관계없이 충분히 자연스러운 일이었다. 흥신소에서 연락이 오기를 기다리던 시간을 이겨내고 마지막까지 꾸역꾸역 걸어와 마침내 목표를 코앞에 둔 그 순간이 나를 예민하게 만든 것뿐이었다.

그 어느때보다 시간이 너무 느리게 느껴졌다.

미선나무가 있던 공원에 앉아서 아내와 딸들을 기다리던 길수의 심정이 어땠을지 짐작이 갔다. 그때 옆에서 코를 골며 잠에 빠져있던 나와 달리, 형만이는 흥신소 대표와 함께 지우의 행적을 찾는데 도움을 준 것에 이어서 주차장 옆 벤치에서도 내 호흡과 속도를 맞추려 노력하고 있었다.

　"오..오.오십 후반 정도 되..되셨을 거라구요?"
　"응, 그래서 나도 한번에 못 알아 볼 수 도 있어. 목소리라도 들어서 확인할 수 있으면 좋겠는데.."
　"토..퇴근 시간이라 곧 오..오.올텐데요."
　"지하주차장도 있는 것 같은데 어디로 들어갈지는 몰라도 일단은 저기로 들어가려는 사람들은 다 꼼꼼히 보자."
　"오..오늘 모..못 만나면 앞으로 계..계속 오면 되죠 뭐."

차량이 건물 앞을 지나가거나 주차장으로 들어올 때마다 심장이 요동치고, 멈춰선 차에서 누군가 내릴 때마다 얼굴을 확인하느라 정신이 없었다.
홍신소에서 전해 온 쪽지에는 주소 이외에 아무것도 없었다.

아직 부모님이 살아계시는지, 혼자 살고 있는지, 아니면 혹시나.. 다른 누군가와 함께 살고 있는지 궁금하긴 했지만 그것은 중요하지 않았다. 그 쪽지가 제대로 지우의 위치를 끌어안고 있느냐가 가장 중요했다.

날은 점점 더 어두워지고 일터에서 돌아오는 주민들의 행렬이 하나 둘씩 줄어들면서 긴장감이 최고조에 달했다.

"저기요, 계속 거기 계실건 아니죠?"

흠칫 놀라 돌아보니 아파트 경비원이 우리에게 다가오고 있었다.

"예? 저희요?"

"예예, 그쪽 분들이요, 밤에도 여기 있진 않으실거죠?"

"한, 두시간 안쪽으로 나갈 겁니다. 신경 안 쓰셔도 됩니다."

"제가 신경쓰는게 아니라 여기 주민들이 좀.. 뭔 말인지 알죠? 진짜 말씀하신대로 그때쯤은 꼭 나가셔야합니다."

"예, 알겠습니다."

"아, 그리고 여기서 흡연 안되구요. 혹시 가방에 술
    있더라도 여기선…"

"그런 말씀 안하셔도 저희 둘 다 그 정도 의식은
    있으니까 가서 일 보세요."

"여기 경비가 이쪽에 하나, 저 앞쪽, 그 옆에 또 하
    나. 아무튼 여러명 있으니까 아마 만날 때마다
    이런 소리들 할거요. 그니까 될 수 있으면 빨리
    나…"

우리의 존재를 불안해하는 경비원의 잔소리를 듣던 도중,
한참 끊어졌던 퇴근 행렬을 잇는 검정색 차 한 대가 들어
오고 있었다. 일단은 경비원의 말을 한쪽으로 계속 듣고
받아치며 검정색 차에 집중했다.

건물 입구 바로 앞에 차가 멈췄고, 중년의 여자가 내렸다.
그 주차장에서 내린 모든 이들에게 그랬듯 여자의 얼굴과
행동에 주목했다. 여자는 트렁크를 열고 무언가를 챙기는
중이었다. 저녁 내내 그 주차장에서 봤던 다른 이들과는
느낌이 달랐다.

더 가까이서 확인하고 싶어졌다.

　"아저씨, 알겠어요. 저희 지금 갈거니까 걱정 마시
　고 들어가세요. 지금 갈게요. 형만아, 가자."

여자가 집으로 들어가버리기 전에 경비원을 따돌리고 제
대로 얼굴을 확인해야 했다.
형만이와 내가 자리에서 일어나 주차된 차량들 사이로 빠
져나가려 하자 그제야 경비원이 우리에게서 멀어지기 시
작했다.

　"형만아, 빨리!"

형만이의 손을 잡고 주차장의 구석으로 몸을 숨겼다.

　"나 혼자 다시 가서 얼굴 좀 확인하고 올테니까,
　넌 여기서 기다리고 있어. 혹시 경비아저씨 또 올
　지 모르니까 주위 잘 살펴보고."
　"거..걱정말고 가..가.갔다오세요."

다행히도 여자는 아직 트렁크를 열어둔 채 무언가를 정리 중이었다. 왠지 벌써부터 울음이 터질 것 같아 숨을 한번 크게 내쉬며 속을 다스리고 최대한 자연스럽게 그녀에게로 다가갔다.

말을 걸어볼 생각은 전혀 없었다. 그냥 아파트 주민인 것처럼 지나가며 얼굴을 확인할 생각이었다.

구석에서 나와 주차되어있는 차량 사이를 지나 몸의 방향을 돌리자 약 십미터 전방에 그녀의 차량 정면이 보였다. 차량의 측면이 보일 때까지 거리를 좁히며 조용히 다가갔다.

얼굴을 제대로 확인하려면 최대한 천천히 지나가야 집중을 할 수 있지만, 휴대폰을 만진다던가 무거운 짐을 들고 있는 경우가 아니라 맨손으로 아무 것도 없는 상태에서 어색하게 천천히 걷다가는 이상한 사람으로 오해 받을 것 같았다.

구석에 숨어있는 형만이에게 내 여행가방을 맡기고 온 것을 후회하던 그때, 주머니에 있는 쪽지가 생각났다.

흥신소에서 받아온 쪽지를 무심결에 바지 주머니에 넣어두었었고, 그것을 이용해 걸음의 속도를 줄여 보기로 했다.

차량의 측면을 지나기 시작했고,

아무 것도 아닌 그 쪽지를 유심히 살피는 동작을 취하며 속도를 유지했다.

측면의 끝 부분에서 차량과의 거리를 더 벌리며 고개를 살짝 들어 차량의 후면을 보니, 트렁크 안쪽을 들여다보고 있던 그녀가 정리를 다 마쳤는지 허리를 펴고 트렁크 문을 닫고 있었다.

일단 지우가 맞든 아니든 서로 눈이 마주쳤을 경우에 일어날 심각한 전개, 혹은 어색한 전개를 피하기 위해 고개를 숙인 채 적당한 시점에 눈동자를 움직여 얼굴을 확인할 준비를 했다.

치열한 속도조절 끝에 마침내 그녀가 서있는 차량의 후면과 같은 선상에 섰고, 그 시점을 놓치지 않기 위해 살며시 고개를 들며 눈동자를 움직였다.

그 시점이 절묘하게 맞았고,

그녀의 얼굴을 확인하는데 성공했다.

내 눈앞에 서있는 그녀는 확실히 지우였다.

얼굴뿐만 아니라 목소리까지 완벽하게 확인했다.

믿기지 않게도 35년이 지났고 그녀도 나이가 들었기 때문에 목소리에도 세월이 끼었지만 그것을 걷어내고 나의 귓바퀴부터 고막에 딱 맞았던 그녀의 목소리를 다시 맞춰보는 데 무리가 있지는 않았다.

수없이 많이 했던 상상 속에서 지우를 만났을 땐, 그 자리에서 두 팔을 뻗으며 그녀의 이름을 불렀고 지우는 입꼬리가 처지게 입을 꾹 다문 채 서러운 울음을 참아냈다.

하지만 그날 나는 상상 속 장면처럼 하지 못했고,

그대로 몸을 돌려 형만이가 있는 구석으로 다시 돌아갔다.

"어..어.어떻게 됐어요?"

"...후.."

"아..아니에요?"

"...맞아.. 지우 맞아."

"예? 마..맞아요? 뭐.. 마..말은 안 했어요?"

"어, 그냥 왔어. 좀.. 그냥 좀... 그러네."

"다..다시 아..안 가보실 겁니까?"

"일단 가자 우리. 돌아가자."

그날 지우에게 말을 걸지 못하고 돌아온 이유는 한 가지였다.

갑작스럽게 귀신처럼 나타나서는 현재 우리의 거리관계에 대해 묻는 것이 이상해서도 아니고,

35년전 사고로 오랫동안 깨어나지 못한 것 자체에 대한 죄스러움 때문도 아니고,

지우가 기억하고 있는 내 모습과 현재의 몰골이 많이 달라져서 당당히 얼굴을 보여주지 못한 것도 아니다.

그 한 가지 이유는,

지우의 옆에 다른 남자가 있었기 때문이다.

그날 나는 차에서 내리는 그녀를 본 순간 지우가 맞다는 것을 확신했지만 운전석에 남자가 있는 것을 알았기에 그 확신을 부정했다.

주머니에 있는 쪽지를 꺼내 열심히 보는 시늉을 할 때도,

심각한 전개 혹은 어색한 전개를 피하려고 고개를 숙였을 때도,

마지막에 고개를 들며 눈동자를 움직일 때도 그 확신을 부정했다.

가까이서 얼굴을 확인하고 목소리를 나의 귀에 맞춰보고 나서 더욱 확실한 결과가 나왔을 땐 몸뚱어리를 어느 방향으로 움직여야 할지, 손을 어디에 두어야 할지, 숨을 어느 정도의 속도로 내뱉어야 할지 도저히 판단을 할 수가 없었다.

마치 지우가 다른 남자와 바람을 피우는 것을 목격한 꼴이었다.

어느 날 갑자기 눈을 뜨고 일어나자 사랑하는 이가 없어졌고 수십일간 그녀를 그리워 한 끝에 우연히 얻게 된 만남의 날에 그녀의 새 사랑을 본 것. 그게 나의 입장이었다.

하지만 그것은 나의 입장일 뿐, 지우가 기다린 세월은 수십일이 아닌 35년이다. 너무나 오랜 세월이 지났기에 충분히 그럴 수도 있을 거라는 생각이 들기 시작했다. 나를 기다리지 않은 것이 아니라, 그것에 실패했을 것 이라고 믿기로 했다.

그날 숭인동을 빠져나오면서 속을 다스리는 데 쓰였던 처방전은 아래와 같다.

나를 필요로 했던 모든 시간들을 함께 해주지 못한 것에 대한 죄인의 입장, 그리고 나를 기다려주지 않았다는 배신감이 속한 실연의 아픔을 동시에 안고 살아가되 어느 한 쪽이 쇠하기 시작하면 망설임 없이 그 쪽 전부를 잘라 버리는 것.

또 하나는, 신이 선물한 이들과의 재회를 기대하는 조건적인 복종을 집어치우고 신에 대한 무조건적인 복종을 하며 현실에 존재하는 '임지우' 자체에 감사하는 것.

결국 내가 할 수 있는 일은 그동안 계속 그랬듯이 버텨내는 것뿐이었다.

완벽하지 않은 지우와의 만남으로 인해 머릿속이며 뱃속이며 할 것 없이 모조리 더부룩한 속을 만져가며 서울역 앞에 도착했을 때, 또 하나의 통증거리가 나를 기다리고 있었다.

헛것이라도 본 사람처럼 걸음의 속도가 불규칙해지며 눈을 재차 감았다 뜨기를 반복했다.

우리의 보금자리에 강준석이 서있었다.

나도 모르게 터벅터벅 걸어가 그의 멱살을 잡았다.

"야 이 새끼야! 지우 죽었다며! 어? 살아있잖아 이

개새끼야!"

"...형"

"뭐야 도대체! 뭐를! 왜 숨기는 건데!"

"후... 나도 힘들었어 형.. 어른들 다 돌아가시고 나
혼자 형 옆에 있으면서 얼마나 생각이 많았는지
알아요? 예?... 그래.. 나도 이제 힘들다.. 다 말하러
왔어요. 얼마 전에 형이 갑자기 와서는 가짜 무덤
얘기를 하길래, 어차피 다 알게 되겠구나.. 했어.
그날 왔다가 가시고 나서 나도 좀 생각을 할 시간
이 필요해서 피한거야. 그 이후에 몇 번 더 오신
거 다 알고 있었어요."

드디어 내가 누워있던 35년동안 무슨 일이 있었는지 알게
되는 중요한 순간이었다. 나는 준석이를 끌고 여인숙으로
자리를 옮겨 조용한 가운데 마음을 가라앉히며 대화를 준
비했다.

"이거.. 형이 쓰던 노트 맞죠?"

준석이는 내가 지우와 함께 가사를 끄적이던 노트를 꺼내
놓으며 입을 열었다.

"니가 갖고 있었구나 이걸.. 후..."

"그날.. 형 사고났던 날 기억나죠? 아버지 가게 앞
에서 만났었잖아요 우리.. 저는 그날 저희 아버지
랑 형 할아버님이랑 계속 술을 마시고 있었는데
밤늦게 형님네 집주인 아주머니가 가게로 찾아오
셨더라구요. 경찰서에서 연락이 왔다고.. 다들 놀
라서 병원에 갔을 땐 형은 이미 수술중이더라구
요. 열 시간이 넘게 수술 하고나서 중환자실로 옮
겼을 때 지우누나도 와서 뭐.. 난리도 아니었습니
다. 상황이.. 그때부터 시작된 겁니다. 이 말도 안
되는 일들이..

저희 아버지가 그때 좀 승승장구 하셨잖습니까.
병원비는 걱정하지 말라고.. 할 수 있는 데까지 다
해드리겠다고 했는데, 형님 할아버님이 어디 보통
분입니까.. 어쨌든 서로 남인데 그렇게 도움만 받
을 수 는 없다고 계속 일거리를 늘려 나가셨습니

다. 근데 문제는 지우누나였어요. 계속 형 옆에 붙어서 간호하고, 꼭 깨어날 거라고 끝없이 말 걸고.. 진짜 볼 때마다 울고 있었어요. 볼 때마다.. 뭐, 병원비 보태겠다고 학교까지 그만두고 공장인가 어딘가를 다니는데 진짜.. 너무 힘들어 뵈더라구요. 그걸 보고 누나네 부모님이 가만히 계셨겠습니까? 제발 좀 병원에서 나오라고 끌어내기도 하고 엄청나게 말렸는데도 안 되죠 안 돼.. 그렇게 거의 삼 년이 지나갔죠.

그렇게도 깨어나길 바랐는데 아무런 차도가 안 보이니까 이젠 형님 할아버지께서 결단을 내리신겁니다. 이런 표현이 어떨지 모르겠지마는, 지우누나가 점점 망가져가니까요. 본인 삶이 없는 거죠. 그저 형 옆에서 간호하고, 일 나갔다가 또 와서 간호하고.. 더 이상 그렇게 놔둘 수가 없었죠. 할아버지가 어느 날 저희 아버지를 부르시더니 뭘 부탁하시더라구요. 그리고 곧바로 지우누나 부모님도 만나셔서 계획을 주고 받으셨대요. 그 계획이 지금 형님도 아시는 그겁니다."

"…무덤?"

"예, 맞습니다. 무덤이요. 그때 지우누나 부모님을 만나셔서 누나가 병원을 얼마동안, 며칠만이라도 비울 수 있게 말씀을 해두신거죠. 그러고 나서 얼마 안 있다가 누나네 가족들 다 저기 경상도였나 어디에 내려갔다고 하더라구요 친인척 경조사 명목으로요. 제 생각에 누나가 그때 거기를 따라 내려간 건 본인도 어느 정도 부모한테 맞춰줘야 형을 간호하는거에 대해서 별 말이 안 나올테니까 따라갔던 게 아닌가 싶더라구요. 근데 이렇게 형이랑 생이별을 하게 될 줄은 몰랐겠죠. 어쨌든 그렇게 누나가 병원을 비운 동안 형을 저희 아버지가 준비해 두신 집으로 옮겼어요. 병원에서도 처음엔 말이 많았죠. 근데 그 사람들은 입막음 할 필요도 없었어요. 어차피 사실 병원에서는 가망이 없다고들 생각하고 있었거든요. 이미 죽은 사람 취급을 했으니까.. 뭐 무시할 건 무시하구요, 형은 그때부터 그렇게 그 집에서 지금까지 쭉 계셨던 겁니다."

"그 다음에는 어떻게 됐나? 지우는?"

"그렇게 큰일을 벌이는 만큼 치밀하게 돌아갔어요. 아까도 말했지만 형님은 잘 아시잖습니까, 형님네 할아버지 성격이요. 지우누나 인생을 위해서 어쩔 수 없다구요.. 지우누나가 다시 서울로 올라온 날 이미 형은 죽은 사람이었죠. 이미 형의 무덤이 만들어져 있었구요. 그때.. 그때 진짜 누나가 통곡하는 거 보면서.. 참.. 뭐라고 말해야 할지 모르겠지만 진짜.. 숨이 막힐 정도로 우는 게 저런거구나.. 사람이 미친다는 게.. 그 이후에 한 1, 2년 있다가 외국으로 나갔다고 들었거든요. 형님 할아버지께서 이제 누나랑 만나는 일 없길 바라셨고, 그쪽 부모님들도 여기 있는 것보다 나가서 사는 게 더 낫겠다고 생각했겠죠."

"얘기를.. 듣기가 힘드네.. 그.. 내 무덤을 만들었을 때 반대편 산에 지우 무덤도 만들었잖아. 그 얘기 좀 해봐."

"예, 맞아요. 바로 맞은편에 지우누나 무덤을 만들었어요. 혹시 나중에 언젠가 형이 깨어나면 이 사실을 숨겨야 하지 않겠습니까. 지우누나를 찾아간 다거나 그런 걸 막기 위해서 만드신거죠. 그러고 나서 할아버지는 몇 해 있다가 돌아가셨어요. 형이 나중에 자연스럽게 상황에 적응할 수 있게 그쪽에 묻어달라고 하신거구요."

"할아버지가 만드셨다는 걸 알고 사실 그 의미가 대충 느껴지기는 했는데 이렇게 직접 들으니까.."

"할아버님이 저희 아버지한테 그러셨어요. 인호 붙잡고 있는 동안 돈이든 뭐든 어떤 이유로든 힘들어지면 바로 포기해버리라구요. 진짜 그만하고 싶었던 적은 많았죠. 말도 못하게 많았어요. 근데 그럴 수가 없었던 게, 아무 것도 없이 다 잃은 형이 너무 불쌍하더라구.. 그래서 끝까지 버텼는데 막상 형님이 깨어나니까 그 모든 걸 말할 용기도 안 나고 계속 속이면서 살 용기도 안 나고 그럽디다."

그동안 내가 처한 상황에만 집중하느라 준석이가 겪어왔을 35년에 대해서는 깊이 생각해본 적이 없었다. 할아버지와 강사장아저씨가 세상을 떠난 뒤, 혼자 나를 지켜왔던 그 시간들을 들여다 볼 때 물질적인 희생도 무시할 수 없지만 혼자만 알고 있던 비밀 그 한 가지 만으로도 충분히 버거웠을 것이라는 사실을 너무 늦게 알았다.

만약 사람이 앞으로 살아가면서 겪을 일들을 미리 알게 된다면, 감당할 수 없는 부담감을 안고 평생 그 숙제에 끌려 다니며 고통 받게 될 것이다. 준석이는 그와 같은 고통을 겪으며 살아왔다.

그리고 지우에 대한 생각이 바뀌었다.

나를 필요로 했던 모든 시간들을 함께 해주지 못한 것에 대한 죄인의 입장, 나를 기다려주지 않았다는 배신감이 속한 실연의 아픔. 그것을 동시에 안고 살아가되 어느 한쪽이 쇠하기 시작하면 망설임 없이 그 쪽 전부를 잘라버리겠다는 다짐을 취소했다.

준석이의 말을 듣는 동안 '나를 기다려주지 않았다는 배신감이 속한 실연의 아픔' 그 전부를 이미 잘라버렸기에 어느 한쪽이 쇠할 때까지 기다릴 필요가 없어졌다.

지우는 자신의 인생을 버리고 끝까지 나를 지켰다.

나의 죽음 이후에 언제부턴가 나를 조금씩 잊었다하더라도 그건 그녀의 잘못이 아니다. 내 잘못으로 시작해서 내 잘못으로 끝나가고 있는 것이다.

우와의 완벽한 재회는 즐거하지는 않았어.

...미만 그녀의 젊은 시절로 망가뜨린 사건으로서 ...전 내 ...

...은 세상에 살고 있는 것만으로 만족할수 거에 ...

...면 비면 어느 날, 홍신소 대표가 비로 찾아왔어.

...미안해. 임지우라는 여자, 과는김희고 사건이 이제 만...

...서 나가 건 같아봐 그런 거에. 이제 ...은 였다

...서 거의 평생을 혼자 살았니봐. 것...

지우와의 완벽한 재회를 포기하지는 않았다.

하지만 그녀의 젊은 시절을 망가뜨린 사람으로서 함부로 나설 수가 없었다. 같은 세상에 살고 있는 것만으로 만족함을 느끼려 노력하며 노숙생활에 집중하던 어느 날, 홍신소 대표가 나를 찾아왔다.

"미안햐. 임지우라는 여자, 다른 놈하고 사는 거 미리 말 못했다. 혹시 니가 안 갈까봐 그런 거여. 어찌됐든 얼굴은 한번 봤으면 했으니까. 근데.. 그 여자 거의 평생을 혼자 살았나봐. 결혼도 안하고 말이여. 뭐.. 아직 결혼을 안 했다고 해서 남자를 안 만나고 살았다라고 할 수는 없지마는."

"그동안 결혼을 안 했었다구요?"

"그렇드만. 기록상으로는 그려. 뭐, 어쨌든 나는 바로 가봐야 돼. 길게 애기하러 온건 아니고 이거 좀 주려고."

"이게 뭔데요?"

"지금 볼 건 없고, 나 가고나면 봐. 그리고 형만이는 우리 사무실에서 일 좀 같이 할거여. 일이 많

지는 않아서 잘 챙겨주지는 못하더라도 여기서
누워있는 거 보다는 낫겠지. 나 이제 간다!"

홍신소 대표가 나에게 준건 돈 봉투와 작은 쪽지였다.
쪽지에는 현재 지우가 일하는 곳의 주소가 적혀있었다.
그녀에게 직접 미안하다는 말을 하고 싶은 생각은 간절했
지만 그것 또한 이기적인 판단일 수 있다는 생각에 바닥
에 몸을 붙여버렸었다. 그러나 나의 죽음 이후에도 나를
오랫동안 버리지 않았었다는 그 말을 듣는 순간 자꾸 바닥
에서 엉덩이를 들썩거리게 되었다.
홍신소 대표의 말이 하나의 시작점이 되었지만, 사실 그
말이 아니었더라도 언젠가는 참지 못하고 지우를 보러 갔
을 것이다.
그녀가 같은 세상에, 그것도 서울 바닥을 함께 밟으며 산
다는 것을 알고 있는 이상 얼굴을 보지 않고 살 수 는 없
었다.
아주 가끔이라도 가까운 곳에서 그녀를 지켜보는 정도로
만 만족하기로 했다.
지우가 나를 알아봐 주길 바라는 건 아니었지만 오히려

다듬지 않은 그대로의 모습이 더 될 것 같아 어느 정도 풍모를 정리할 필요가 있었다.

예전에 길수가 일자리를 얻기 위해 머리를 다듬었던 그 이발소를 찾았다. 문을 열고 들어가자 역시나 단정하게 빗어 넘긴 백발의 이발사가 반갑게 맞아주었다.

"반가운 얼굴이네."

"어? 저 기억하시네요?"

"그럼요, 기억하지. 셋이서 와서 크게 웃고 갔었잖아."

"아, 예예."

"어떻게 해드릴까?"

"음.. 머리는 짧아도 되니까 최대한 단정하게 해주시고, 수염은... 수염은 밀지 말고 깔끔하게 다듬어만 주십쇼."

수염까지 밀어버리면 혹시나 지우가 나를 알아볼 것 같아 남겨두기로 했다.

가위질이 시작되었고, 덥수룩하던 머리카락이 잘려나가

며 내가 원하는 기본 모양새가 점점 갖춰지자 거울에 비친 나의 얼굴에 집중하게 되었다. 과거에도 그랬지만 노숙생활을 하면서 내 얼굴을 오랜 시간 볼 수 있는 기회가 많지 않았다.

주름지고 쳐진 부분이 집중을 방해했지만 그 부분만 빼면 예전의 내 모습이 아직 그대로 남아있었다.

"면도까지 싹 해버리면 더 깔끔할 텐데?"

"괜찮습니다. 수염을 조금은 길러야 할 이유가 있어서요."

"그래요? 그럼 가위로 균형만 맞춰드릴게."

의식 회복 후 수염이 가장 거슬렸지만 수염정리에 신경을 쓸 만큼 정상적인 일상을 살아본 적이 없기 때문에 잊고 살았는데 오히려 정리하지 않고 그대로 기른 것이 현 상황에서는 다행이라고 느껴졌다. 수염이 있으면 나를 알아보기 힘들 거라는 건 혼자만의 착각일 수 도 있지만 마음만이라도 편하게 갖기 위한 모든 방법을 찾을 수밖에 없었다.

이발을 마무리하고 마지막 단계로 머리를 감을 차례가 되었다.

이발사가 안내하는 대로 자리를 옮겨서 편하게 몸을 뉘었다.

다른 누군가가 머리를 감겨주는 것도 정말 오랜만이었다. 몸이 젊었던 시절, 이발소에서 머리를 감을 때 기분 좋게 졸던 기억이 났다. 그때의 그 느낌이 그대로 느껴지며 나도 모르게 미소가 지어지는 것을 보니 예전의 나와 지금의 내가 가까워지고 있음은 분명했다.

기분 좋게 이발소를 나와서 큰 길로 가는 길에 매장 밖으로 나와 있는 남성복이 눈에 들어왔다.

주위 사람들의 시선을 분산시키고 지우의 눈에 띄지 않기 위해 더 필요한 것 중 하나가 바로 옷이었다. 평소 노숙을 하며 입고 있는 옷차림 그대로 다니다가는 어디를 가든지 쫓겨날 가능성이 높았다.

마침 가격표가 눈에 잘 들어왔고 굉장히 저렴해 보여서 일단 무작정 들어가 보았다.

옷을 고르는 것도 마찬가지로 너무나 오랜만에 고르는데다가 20대가 아닌 60대 노인이 입을 만한 옷을 찾자니 도저히 감이 오질 않았다. 원래 예전부터 옷을 사러 가면 부담스러워서 주인에게 말을 잘 안거는 편이었지만 어쩔 수 없이 도움을 청했다.

"요즘 평상시 외출복이요?"

"예, 제가 옷을 잘 안 사봐서요."

"음.. 제가 봤을 때 어르신 이미지가 대학교수 같으시니까.. 이거, 요런 거에다가 바지는 그거, 어르신 왼쪽에.. 예, 그런 거? 한번 다 입어보세요. 입어보시고 그 중에 한번 골라보세요."

사고를 당하지 않고 계속 그대로 열심히 살았다면 교수가 되어있지 않았을까.. 하는 생각이 들었다.

주인이 골라준 여러 벌의 옷을 다 입어본다고 해도 그중에서 색상을 고른다거나 디자인을 고르는 게 나에게는 힘든 일이었지만 대학교수 이미지에 맞게 고른 다고 생각하니 조금 더 수월했다.

그중 어두운 편에 속하지만 너무 칙칙하지는 않고 점잖아 보이는 셔츠, 얇은 가디건, 그리고 바지를 사서 그대로 입고 나왔다.

머리부터 옷까지, 겉으로 보이는 모든 면을 바꾸고 나니 한결 가벼운 마음으로 갈 수 있을 것 같았다.

흥신소 대표가 준 쪽지에 적혀있는 지우의 일터는 모 대학병원이었다. 그곳에서 봉사활동을 한다는 정도만 알 수 있었다.

그리 멀지 않은 곳이라 버스를 타면 갈아타지 않고 한 번에 갈 수 있겠다 싶어서 정류장으로 걷고 있는데 이번엔 안경점이 눈에 들어왔다. 뭔가에 이끌리듯 그 안으로 들어갔다.

지우가 나를 알아볼 것을 방지하는 의미도 있었지만 조금이라도 더 멋을 내고 싶었다.

나를 알아보든 못 알아보든 그와 관계없이 최대한 준비할 수 있는 것을 다 하고자 했다.

간단한 시력검사가 끝나고 디자인은 나이에 맞게 무난한 것을 골랐다. 최대한 가벼운 테를 골라 불편함을 최소로 줄였고 안경을 씀으로써 지우 근처에서 나의 활동반경을 넓힐 수 있었다.

안경점에서 나오자마자 바로 앞 정류장에 마침 출발 직전의 버스를 운 좋게 탔고 일어선 채로 손잡이를 잡으려다가 주위를 한번 둘러보고는 노약자석에 앉았다. 그동안 노숙생활을 하면서 아주 가끔 버스를 탈 때마다 여기저기 눈치를 보느라 멀미를 할 지경이었지만 그날엔 그럴 필요가 없었다. 마음속은 아직 노숙인일지 몰라도 겉은 일반인들과 같아졌기 때문이었다.

잠시 뒤, 버스 창밖을 보니 종로5가 역이 보였다.

예전 우리집, 그리고 지우의 집이 있던 곳. 그에 대한 그리움은 지우와의 재회가 가능해 졌다고 하더라도 짙고 끈적이게 남아있다.

다만, 그것을 혼자 둘러쓰고 있던 빽빽한 공간의 한쪽에 숨구멍이 생기는 큰 변화가 있었다는 것. 나만의 공간이 아니라 우리의 공간으로 함께 그 공기를 마실 수 있는 기회, 그런 믿는 구석이 생겼기에 산소가 부족해 발을 동동 구르는 일은 없을 것이다.

그 다음으로는 종로5가역 계단에서 죽음을 맞이한 형만이의 친구에 대해 상상해봤다.

그의 사연은 어떤 이야기였을지, 나만큼 버텨내기 힘든 일이었을지 그 정도를 알 수 없지만 결국 저 계단을 스스로의 힘으로 올라오지 못하고 멈춰버릴 만한 처절함은 그대로 느껴졌다.

어떤 이야기인가를 떠나서 그의 죽음을 놓고 가만히 들여다보며 나의 남은 인생과 비교해 보면, 그 색깔의 차이가 확연히 드러났다. 예전에 '나'와 '다'가 처한 인생은 조금의 희망이라도 남아있다고 느꼈고, 내 현실과 확연히 다른 그것을 부러워했던 상황이 뒤바뀌어있었다. 종로5가역 그 계단에서 우리가 만났더라면 그가 나를 부러워했을 수도 있지 않을까…

창밖으로 나란히 늘어서 있는 상가를 구경하며 종로5가의 모습을 잊고 대학병원 안쪽까지 들어가는 마지막 정류장에 내리자마자 또 다시 머리가 복잡해졌다.

건물이 한 채가 아닌데다가 워낙 넓어서 어디부터 어떻게 찾아야 할지 난감했다. 그렇다고 이리저리 묻고 다니다가는 지우를 맞닥뜨릴 것만 같아 함부로 움직일 수가 없었다.

그래도 그 넓은 병동으로 들어가 병실을 일일이 돌아다니며 찾는 다는 건 엄두가 나지 않아 조심스레 누군가에게 묻기로 했다.

첫 번째 병동으로 들어가 제일 처음으로 만난 간호사에게 다가갔다.

　"저기.. 수고많으십니다. 뭐 좀 여쭤볼게요."

　"예, 말씀하세요."

　"이 병원에서 봉사활동하는 사람들이 많은가요?"

　"봉사활동이요? 음.. 간병인 분들도 계시고, 학생 봉
　사단도 있구요. 뭐 때문에 그러세요?"

　"아, 제가 사람을 찾고 있는데 여기서 봉사활동을
　하고 있다더라구요. 그.. 이름이 임지우라고.."

　"봉사자 분들이 많으셔서 제가 한 번에 찾아드리
　기는 어려울 것 같구요. 그.. 찾기 편하실 위치만이
　라도 알려드릴게요."

　"예, 감사합니다."

　"일단 이 건물에는 없구요. 들어오셨던 정문으로
　다시 나가셔서요, 제 2병동으로 가셔야 해요. 바
　로 옆 건물이에요. 거기로 들어가시면 일단 5층에
　간병인 휴게실이 있거든요. 이 병원에서 일하시는
　간병인 분들은 자주 왔다갔다 하시니까 어쩌면
　찾으실 수 있을거예요."

"아, 알겠습니다. 고맙습니다."

"아! 그리고 오늘 거기 1층에서 행사를 하고 있거
든요. 아마 거기에도 봉사자 분들 좀 계실거예요."

"예예, 정말 고맙습니다."

간호사의 말대로 건물을 빠져나와 두 번째 병동으로 들어
갔다.

일단 5층으로 올라가 간병인 휴게실 근처 어딘가에 앉아
서 지켜보기로 하고 에스컬레이터를 탔다.

5층으로 먼저 가려 했던 이유는 이발소에 들러서 머리를
다듬고 계획에도 없던 새 옷 장만과 안경까지, 이것저것
하다 보니 좀 앉아서 쉬고 싶어서였다. 버스 안에서도 충
분히 앉아있었지만 종로5가를 지나며 여러 생각 속에 빠
져있느라 제대로 쉬지 못했다.

에스컬레이터가 1층 로비 한 가운데에 있어서 타고 올라
가는 동안 주위를 둘러보고 있었고, 2층에 거의 다다랐을
때 1층 커다란 창문 밖 야외테라스에 사람들이 몰려있는
것을 봤다.

간호사가 말했던 행사인 듯했다.

갑자기 생각이 바뀌어 그곳부터 가보고 싶어졌다.

왠지 지우가 그곳에 있을 것 같았다.

2층에 도착하자마자 반대로 뛰어 다시 돌아내려가 1층 행사장에 들어가 보니 그곳에서는 어린아이들에게 악기를 가르쳐주는 행사가 진행 중이었다.

그곳에 지우가 있을 것 같다는 느낌이 더욱 진해졌다.

그곳은 생각보다 공간이 꽤 넓고 복잡해서 조심해야 할 것 같았다.

이리저리 정신없이 다니다가 하필 지우와 부딪히게 되는 일은 피하고 싶었다.

여러 악기들 중 피아노를 가르치는 공간으로 자리를 옮겼다.

아이들과 부모들 사이로 고개를 내밀며 피아노 앞에 누가 앉아있는지 확인을 시도했다.

그 순간,

35년전 그대로 매우 밝고 하얀 피부,

쳐다보면 신기할 정도로 긴 속눈썹,

작고 귀여운 귀,

세게 잡으면 부서질 것 같은 손가락,

그리고 결정적으로 목소리가 들렸고 더욱 가까운 거리에서 들으니 예전과 아주 똑같았다.

내가 예상 했듯이 그곳에 지우가 있었다.

가까이서 얼굴을 보고 있으니 당장이라도 뛰어가 안아주고 싶은 마음이 간절했다.

조금만 더, 조금만 더. 조금이라도 더 가까운 위치에서 보려고 다가가던 순간 내 옆에 있던 아이가 갑자기 울음을 터뜨렸다.

부모의 달램에도 불구하고 아이의 울음소리는 더욱 커졌고, 모든 이들의 시선이 그 아이에게 몰리면서 나의 집중력도 흐트러졌다. 최대한 신경을 쓰지 않고 지우에게 집중하고자 한 걸음 더 다가가는 도중에 그녀가 이쪽을 쳐다봤다.

아마도 점점 커지는 아이의 울음소리에 반응을 보인 것 같았다.

깜짝 놀란 나는 혹시나 지우의 시선에 들어갈까 싶어서 나도 모르는 사이 이미 그 공간을 빠져나오고 있었다.

그 이후에도 계속해서 지우를 가까운 거리에서 보기 위해 노력했다.

아침부터 늦은 밤까지 그녀의 집 앞 주차장 옆 벤치에 앉아있는 일도 많았다. 그곳에 처음 갔을 때 불안한 마음을 내비치던 경비원은 깔끔해진 모습의 나를 알아보지 못했고, 매번 편안하고 안정감 있게 지우를 기다릴 수 있었다.

어느 한 날에는 일을 나가지 않았는지 오전에 편한 차림으로 집에서 나오는 그녀를 보고 몰래 뒤를 따랐다.

그녀의 걸음걸이 또한 그대로였다.

휴대폰으로 뭘 그리 재미있게 보고 있는지 고개를 잘 들지 않고 걷고 있는 모습을 보며 불안했다. 혹시나 무언가에 걸려 넘어지거나 누구와 부딪히지는 않을까 걱정이 되었지만 내가 할 수 있는 일이 없었다.

그녀는 조마조마한 마음으로 계속 뒤를 따르던 나를 두고 갑자기 뛰기 시작했고, 횡단보도를 재빠르게 건너 길가에 있는 마트로 들어갔다. 나는 그녀가 길을 건너는 모습 또한 불안하게 느껴져 걱정을 하며 마트 앞에 섰고, 마주치지 않기 위해 살짝 마트의 안을 확인하며 들어갔다.

많은 것을 사려고 그곳에 들른 것은 아닌 듯 했다.

한 구석에서 잠시 동안 뭔가를 고르더니 그것을 챙겨 바로 계산대로 갔고, 입구 쪽에 있던 나는 병원에서처럼 그

너와 눈길을 서로 살짝 스치는 급박한 상황을 마주하지
않기 위해 자세를 낮춰 구석으로 들어가 그녀가 서있던
위치에 멈춰 섰다.

그녀가 고른 것은 상추였다.

예전에도 그랬듯 순대를 싸먹으려는 걸까...

지우의 부모님은 뒷마당에 상추를 심어 키웠었고,

가끔 그 집에서 식사를 할 때마다 지우와 함께 그 뒷마당
에서 상추를 뜯어와 한 장 한 장 씻어내던 생각이 났다.

순대를 먹을 때 꼭 상추를 찾던 그녀의 모습과, 우리가 함
께 상추를 뜯던 그 모습이 너무 오래되고 멀어진 느낌이
었다.

정말로 오래되고 멀어졌더라도 그 상추를 보면서 그녀도
나를 기억해주길 바랐다.

계산을 마치고 집으로 돌아가는 길은 따르지 않았다.

그녀가 집으로 들어가는 것을 보게 되면, 우리만의 추억
이라 생각했던 무언가를 다른이에게 빼앗긴 느낌이 들것
같아서였다.

그날도 그렇게 더 큰 아쉬움으로 완벽하지 않은 만남을
끝냈다.

남들이 보면 스토커라고 할 만큼 그녀의 일거수일투족을
지켜보고 그리워하는 날들이 대부분이었고, 다른 남자와
있는 그녀의 모습에 가끔은 서럽고 분해 눈물을 흘리기도
했지만 어쩌면 그런 날들이 잃어버린 35년에 대한 보상이
라고 생각했다.

지우의 행복에서 시작되는 나의 행복으로 삶을 버티며,
언젠가 정신적인 준비가 된다면 나의 존재를 알리겠다는
작은 소망을 키워나갔다.

그때서 내 육체가 몇 십년간 ...

지구의 존재로 인해 훨씬 ...

하루하루 단격에 표시까지 해가며 기억했던 ...

...지만 뒤늦게나마 결국 내 눈앞에 그걸 ...

...며 대항선 의지에 앉아 한순간도 ...

...에 눈에 익은 ...는 한번도 없지만 ...

... 그녀의 ...

드디어 내 육체가 몇 십년간 기다렸던 프로야구를 만났다. 지우의 존재로 인해 훨씬 따스해진 노숙생활 가운데 새로운 즐길거리가 시작된 것이다.

하루하루 달력에 표시까지 해가며 기다렸던 우리나라 프로야구의 시작점은 볼 수 없었지만, 뒤늦게나마 결국 내 눈앞엔 그토록 바랐던 장면들이 펼쳐지고 있었다.

서울역 대합실 의자에 앉아 한 순간도 놓치지 않겠다는 의지로 중계방송에 집중했다. 당연히 눈에 익은 선수는 한 명도 없었지만 당시 고교선수로 활약하던 이들 중에서 누군가는 어느 구단의 감독이 되어있지는 않을까하여 그로 인한 경기 이외의 재미도 함께 즐기고 있었다.

경기가 진행 중일 때는 화장실 볼일 신호가 와도 참고 있다가 한 이닝이 끝날 때에 맞춰 재빨리 다녀올 정도로 푹 빠져 있는 나의 옆자리에 누군가가 앉았다.

옆에 사람이 있든 없든 관심을 두지 않고 고개를 돌리지 않자,

그가 나에게 말을 걸었다.

"아이고~ 아주 푹 빠져계시네. 너무 심하신 거 아

닙니까?"

나에게 건네는 말인지도 확실히 느끼지 못하다가 얼떨결에 고개를 돌려보니 반가운 얼굴이 보였다.
깔끔한 회색 코트에 어두운 색 바지, 끈의 매듭이 딱 맞게 균형을 이룬 구두까지. 그의 풍모는 몰라보게 달라져 있었다.

　"어?! 뭐야! 길수!"
　"ㅎ ㅎ ㅎ ㅎ. 잘 지내셨습니까?"
　"야~ 많이 달라졌네. 역시 사람은 집밥을 먹어야
　　되나부다."
　"뭐, 여기보다야 낫죠. 아니, 지난번에 왔다가 형만
　　이도 간신히 만났어요. 형님은 아예 안계시고 형
　　만이는 엄청 바빠 보이대요?"
　"응, 형만이 요즘 일 열심히 하지. 아직까지 일이
　　많지는 않은데 그래도 꼬박꼬박 나가더라."
　"형만이한테 대충 얘기 들었어요, 형님. 일이.. 어떻
　　게 그렇게.."

"얘기 들었구나.. 괜찮아. 상황이 더 나빠진 것도 아니고.. 괜찮아, 괜찮아. 아, 그리고 그거 잘 썼다. 너가 주고 간 돈 아니었으면 골치 아픈 상황이 엄청나게 많았을텐데 진짜로 도움이 많이 됐어."

"에이 별 말씀을 다하셔. 뭐 큰돈도 아니고."

"그래도 우리한텐 큰돈이지. 내 처지에 버스, 택시를 어떻게 타고 다니겠냐. 그리고 너도 그 나이에 몸써가면서 번 돈이니까 귀한 거고."

"그래요, 요긴하게 잘 쓰셨다니까 다행이네. 아니, 근데 저거 끝까지 다보실겁니까?"

"야구? 나는 뭐 할 거 없으니까 보는 거지. 담배 한 대씩 태울까?"

"담배도 담밴데, 오늘 여기 온 이유가 뭐냐면 형님이랑 형만이랑 같이 꼭 한번 가보고 싶은 데가 있어서 왔거든요. 같이 가보시죠 뭐."

"어디를?"

"아이고 일단 가보셔."

서울역 2번 출구 앞 포장마차.

역 앞 광장에서 노숙생활을 하는 동안 그 포장마차에서
도란도란 이야기를 나누며 알싸한 소주를 마시는 이들을
수없이 많이 봤지만, 정작 가장 가까이에 있는 우리는 한
번도 들어가 보지 못했다. 나도 가끔은 서로 적당한 걱정
거리를 풀어 얽혀 놓으며 스트레스를 푸는 이들을 부러워
하곤 했는데, 길수 또한 속으로 그들을 부러워했던 것 같
았다.

안주로 주문한 '꼼장어 고추볶음'을 진지하게 탐구하듯이
깊이 맛보며 소주를 곁들였다.

   "여기가요 형님, 잔치국수가 맛있다던데. 그것도 하
    나 시켜야겠네. 이모! 여기 국수도 하나 말아줘요~
    소주도 한 병 더 주시고."

   "천천히 먹자, 천천히.. 그건 그렇고 돌아가니까 어
    때? 그때 집에 들어갔을 때 어땠어?"

   "그때요? 하.. 참... 진짜 문 앞에 섰을 때 얼마나 떨
    리던지.. 진짜 아우~ 이러다가 쓰러지는 거 아닌가
    싶더라구요. 최대한 숨을 크게 쉬면서 기다리다가
    문이 열렸는데요 형님.. 그게.. 참 신기하더라구요.

집사람이랑 애들이랑 딱 눈이 마주치자마자 긴장이 싹 풀어지구요, 어떤 느낌이냐면 그 전날 보고 하루 만에 다시 만난 느낌? 진짜 그렇더라구요. 진짜 잘 왔다 싶었죠."

"맞아.. 그럴거야. 그게 어떤 느낌일지 알 것 같네. 아내하고 애들 반응은?"

"서로 얼굴 보자마자 다들 울음이 터졌죠 뭐. 저는 바로 무릎 꿇었어요. 일단 무릎부터 꿇고, 미안하다는 말만 계속 했던 것 같아요."

"잘했어, 진짜 잘했어. 그럼 된거지 뭐. 이제 와이프가 좀 덜 힘들겠다. 같이 있는 것만으로도 느낌이 다르겠어."

"예. 일단 집사람도 그렇고 애들도 그렇고 마음이 편해지니까요, 확실히 생기가 넘치더라구요. 저도 이번에 일자리 구했거든요."

"그래? 뭐, 어떤일인데?"

"나이가 있어서 더 이상 몸 쓰는 건 하기가 힘들구요. 저기 이화사거리에 9층짜리 건물 경비하고 있어요. 주차장 관리도 하구요."

"좋지. 우리 나이에 적당한 일이지 뭐."

대화를 하던 중 포장마차 출입구 쪽을 보니, 형만이가 들어와 두리번거리며 우리를 찾고 있었다.

"어? 형만이 왔네?"

"왔어요? 아, 왔네 왔어. 형만아! 여기!"

"일 끝날 시간 되면 내가 저 앞에 나가있으려고 했
  는데 여기를 어떻게 알고 왔지?"

"제가 거기 사무실에 미리 전화해서 말 해뒀죠. 지
  난번에 만났을 때 사무실 번호를 받아뒀거든요."

"음~ 잘했구만.. 어, 여기 앉아. 고생했다."

"시..시.식사들은 하셨어요?"

"어, 우린 여기서 안주 많이 먹었어. 너 밥 안 먹었
  으면 뭐 좀 더 시키자."

"괘..괜찮아요."

"아까 우리 국수 시켰잖아요 형님. 일단 물 좀 마
  시고, 국수 나오면 한 그릇해라. 빈 속에 술 마시
  면 안 돼.. 점심은 뭐 좀 챙겨 먹었어? 거기서 잘

챙겨주냐?"

"자.잘 챙겨줘요. 거기 가.갈 때마다 배부르게 먹어요."

"일은 할만하고? 형님한테 들으니까 꾸준히 나간다며."

"제가 하..할 수 있는 일 있으면 매..매번 불러주셔
요. 여..여.열심히 해야죠."

"그래그래. 잘 됐네, 잘 됐어."

셋이 함께 술과 음식을 부족함 없이 나누는 것은,

각자의 인생의 변화를 확실하게 느낄 수 있는 완벽한 결
과였다.

길수는 떨어뜨렸던 무언가를 조심스레 잘 들어 올린 뒤
깨진 조각을 조금씩 맞춰가고,

형만이는 과일가게 앞에서 아무것도 걸치지 않고 손에 든
것도 없이 서있던 자신의 모습을 확인하고는 담대하게 뒤
돌아 새로운 곳으로 걷고 있었다.

"형님은 이제 어쩌시려구요?"

"나? 나 뭐?"

"그분이요.. 제대로 만나보셔야죠."

"제대로? 음... 그런 상황이 된다면 그러고 싶지만 글쎄.. 그래도 될지 모르겠다."

"아니, 상황이 다 만들어졌는데 왜.. 그 뭐냐, 그 다른 사람 때문에요? 그건 별개죠 별개. 중요한 건 형님하고 그분인데요 뭐."

"그..그날 거기 차..찾아 갔을 때 너무 아..안타깝더라구요. 어쩔 수 어..없긴 했지만 그..그렇게 끝내면 안 될 것 같은데.."

"그래, 그날은 나도 놀라서 어쩔 수 없었는데 지금까지도 같은 마음이야. 가서 다 밝히고 싶어도 너무 미안해서.."

"미안하니까 가야죠 형님. 아니, 형님이 저한테 그 랬잖습니까. 보고 싶을 때 볼 수 있는 게 얼마나 복이냐구요. 그때 저희 집 앞에서 했던 말 기억나시죠? 잡을 수 있으면 잡고, 갈 수 있으면 가면 된다고 그러셔놓구.. 끝까지 가신다면서요."

길수와 나의 입장이 바뀌어있었다.

그가 나를 부추기는 것은 단순히 순간적인 감정에서 나온 것이 아니라 격렬하게 또는 차분하게 겪은 경험에서 나온 확실한 정답이었다.

형만이의 속마음도 충분히 보였다.

종로5가 친구의 죽음으로 인해 자신의 결말을 두려워하게 되었고, 이제는 그 결말을 스스로 바꾸려 노력하며 나에게도 손을 내밀고 있었다.

하지만 길수의 가족들이 그랬듯, 우리의 만남 또한 하루 만에 만난 것처럼 자연스럽게 이어질지 확신 할 수 없었고 형만이가 결말을 만들어 나가는 과정과 내게 필요한 과정은 다르다고 생각했다.

나는 그저 황소의 머리를 달고, 몸통은 장어이며 불곰의 앞발과 말의 뒷발을 달고 날뛰던 그때의 모습이 다시 튀어 나오지 않길 바라는 것으로 충분했다.

이제 이 글을 쓰게 된 완전하고 완벽한 계기를 말하고자
한다.

그것은 '계기'라는 말의 뜻 그대로 어떤 일이 일어나거나
변화하도록 만드는 결정적인 원인이나 기회였다.

길수와 형만의 변화를 보는 것을 내 삶의 목표로 두었던
순간이 기억났다. 그들은 당당히 변화했고, 이제는 내 차
례이다.

노숙생활의 끝과 인생의 끝, 그 시점을 찾기 위해 결단을
내릴 때가 되었다. 그것을 찾는 방법과 장소는 결국 한 가
지, 한 곳 밖에 없었다.

한동안 뜸했던 할아버지와의 만남이 가장 먼저 였다.

매번 그곳을 찾을 때 마다 그의 목소리가 언제 들릴지
몰라 입을 뗄 수조차 없었지만, 이번엔 달랐다.

나와 지우의 빈 무덤은, 그가 만들려고 해서 만든 것이 아
니라 만들어야만했기 때문에 만든 것이다. 아니, 만들어
진 것이다.

깨어나지 못하고 누워 있던 시절, 그때 아주 잠시 잠깐 깨
어났었다면 내가 먼저 그 계획을 부탁했을 것이다.

그동안 그에게 죄송하다는 말만 전했던 것과 달리,
이제는 감사함을 전할 수 있게 되었다.

다음으로는 지우의 무덤이다.
힘들었을 그 때 나를 끝까지 버리지 않았던 것만으로도
미안하고 감사하다. 이제는 나를 버렸다고 해도 제발 잊
지는 말아주길 바랄뿐이었다. 이렇게 차가운 땅속에 들어
가 있지 않고 아직도 나와 가까운 곳에 살아있다는 건 정
말 다행스럽고 감사한 일이다.
지우의 빈 무덤은 그녀가 나를 사랑했고, 포기하지 않았
던 그때를 기억할 수 있는 존재로 남았다.

이제 마지막으로 반대편 산에 있는 나의 무덤을 찾았다.
많이 와보지도 않았지만 마치 집처럼 편한 느낌이 들어
옆에 딱 붙어 앉았다.
비석을 만져보며 죽었지만 살아있는,
살아있지만 죽어있는 나를 느꼈다.
육체가 젊었던 시절에는
대부분의 시간들이 지우와의 사랑으로 채워져 행복했고,

사고가 나던 순간에는 어린 시절 대문을 나서다가 넘어졌을 때처럼 금방 툭 털고 일어날 수 있을 것이라고 생각했다.

어느 순간 침대 위에서 눈을 떴을 때는 아기얼굴처럼 뽀얗고 사랑스러운 지우가 눈앞에 있을 줄 알았고, 처음 거울을 봤을 때는 세월의 흔적이 아닌 사고의 흔적일 뿐이라고 믿고 싶었다.

욕실에서 목을 매달던 순간에는 제발 지우가 먼저 가있는 곳으로 가게 해달라고 신께 기도했고, 노숙생활을 시작했을 때는 아무런 희망이 없었다. 서러움과 분노로 가득 차 있었다.

노숙생활을 하며 여러 사람들을 만났지만, 나보다 억울하고 처절한 사연을 갖고 있는 사람은 절대 없을 거라 생각했다. 하지만 사연에 대한 사실들이 중요한 것이 아니라 그 사연의 주인공이 안고 있는 감정이 어느 정도인지가 중요하며 그것이 전부라는 것을 알게 되었다.

나 자신이 다른 이들보다 처절하고 엉망이라고 느꼈을 때, 지우가 살아있다는 큰 희망이 찾아왔다.

이제 그 다음으로 기억될 나의 감정들을 느끼기 위해,

있는 그대로를 버텨내며 무언가를 기대할 일만 남아있

었다.

결단을 내리려고 그곳에 갔지만 그것은 절대 혼자 할 수 있는 것이 아니었다. 나에겐 반드시 누군가가 필요했다.

노숙의 첫 날 서울역으로 가던 그때처럼, 주어지는 모든 것을 담대하게 겪어내며 끝까지 가볼 준비를 시작했다.

일단은 몸을 일으켜 세우고 옷에 붙은 풀을 털어냈다.

그때,

저 멀리서 누군가가 올라오고 있었다.

뭔가 느낌이 이상했다.

때 아닌 안개 때문에 확실히 보이지는 않지만 형체가 구분될 정도의 거리까지 다가오자 나의 심장이 뛰기 시작하며 식은땀이 흘렀다.

그 사람도 나를 발견한 듯 멈춰 섰다.

내가 먼저 한 걸음 다가갔다.

그 사람은 그대로 멈춰 있었다.

한 걸음 더 다가갔다.

그 사람은 역시 그대로 멈춰 있었다.

한 걸음 더 다가갔다.

그 사람은 한 손으로 입을 막으며 흐느끼는 듯했다.

한 걸음 더 다가갔다.

그 사람은 다른 한 손마저 올려 입을 막고 울기 시작했다.

한 걸음 더 다가갔다.

그 사람이 드디어 한 발을 내딛었다.

한 걸음 더 다가갔다.

그 사람도 한 걸음 다가왔다.

한 걸음 더 다가갔다.

그 사람도 한 걸음 더 다가왔다.

한 걸음 더 다가갔다.

그 사람도 한 걸음 더 다가왔다.

나는 그 사람의 얼굴이 아주 선명하게 보였다.

그 사람도 내 얼굴이 아주 선명하게 보이는 듯했다.

한 걸음 더 다가갔다.

그 사람도 한 걸음 더 다가왔다.

나는 그 자리에서 두 팔을 뻗으며 그 사람의 이름을 불렀고 그 사람은 입꼬리가 처지게 입을 꾹 다문 채 울음을 참아내며 나에게 안겼다.

지금 내가 너의 앞에 있고
네가 나의 앞에 있다는 걸 감사하자.

여호와의 인자와 긍휼이 무궁하시므로

우리가 진멸되지 아니함이니이다

이것들이 아침마다 새로우니

주의 성실하심이 크시도소이다

예레미야애가 3:22~23

지은이 | 박의림

초판발행 | 2017년 4 월 17 일

등록번호 | 2007년 6 월 15 일 제 3호

등록된 곳 | 충북 청주시 청원구 북이면 내수로 796-68

발행처 | (주)대한출판

출판부 | TEL. (043)213-6761

ISBN 979-11-5819-053-8 03810